KB195190

시작은 늘 설렌다.
과정의 힘듦을 가늠하지 않는다.

나는 그저 시작할 뿐이다.

나는 시작하는 사람입니다

영어 한마디 제대로 못 하던 그녀가 어학원 원장이 되기까지

심은경 에세이

담다

추천사

시작은 용기요 위안이자 희망이다. 시작할 수 있다는
게 얼마나 큰 위안이요 희망인가. 다시 시작할 기회가 있
다는 것만큼 다행이고 감사한 일이 또 있겠는가. 하지만
시작은 얼마만큼의 용기를 필요로 하는가.

저자는 새로운 시작의 불안과 두려움을 설렘으로 바꿔
놓는다. 우리는 완벽한 계획이 필요하다는 이유로, 아직
준비가 덜 됐다는 핑계로 미룬다. 저자는 이런 이유와 핑
계를 단호히 거부한다. 일단 시작하기를 권한다. 시작의
힘을 설파한다.

우리 삶에서 시작처럼 중요한 일이 또 있을까. 시작해
야 이룰 수 있다. 시작이 없으면 그 어떤 성취도 있을 수
없다. 저자는 늦게 피는 꽃은 있어도 피지 않는 꽃은 없
다고 믿는다. 어제보다 낫게 시작할 수 있다면, 오늘보
다 내일이 더 나을 수만 있다면 시작해야 한다고 힘주어
말한다.

시작은 반이 아니라 전부라는 사실을 자신의 삶으로 입증해 보인다. 영어 한마디 못하던 사람이 어학원 원장이 되고, 코로나 직전 어학원을 시작해 많은 어려움을 이겨내고 오늘에 이르렀다. 날갯짓을 멈추지 않는 새는 언젠가 원하는 곳에 오를 수 있다는 사실, 설사 첫 단추를 잘못 끼워도 다시 끼우면 된다는 엄연한 사실을 증명해 준다.

지금 당장 시작하자. 기적은 기적처럼 오지 않는다. 시작해서 할 수 있는 일을 다 하고 남은 건 기도밖에 없을 때 기적은 기적같이 이루어진다.

- 강원국

『대통령의 글쓰기』, 『강원국의 인생 공부』 외 다수

프롤로그

"선생님, 지금 대학 입시 공부하세요?"

영어 파견강사 교육 중 앞에 앉아 있던 선생님이 나에게 말을 건넸다. 팀장님이 수업 진행 방식과 흐름을 설명해 주는 동안 나는 토시 하나 빠트리지 않고 열심히 받아 적고 있었다. 대학에서 영어를 전공했지만 실전에서의 준비는 달랐다. 해당 분야 경력이 없었고, 나의 영어 실력 또한 다른 선생님들과 비교해 부끄러울 정도로 부족했다. 유치원을 배정받기 위해서는 준비된 선생님이 되어야 했고, 초보 선생님처럼 보이지 않기 위해 최선을 다해 노력해야 했다.

당시 두 살배기와 네 살배기 아이를 키우던 나는 낮에 육아와 교육을 병행해야 했다. 밤이 되면 아이들을 재운 후 뜬눈으로 공부하고 수업을 준비했다. 그렇게 하루하루 부족함을 채워 가며 대표님과 선생님들 앞에서 수업 시연을 했다. 나를 평가받는 그 시간은 정말 숨 막히고 떨리는 힘든 시간이었다. 석 달간의 연습 끝에 드디어 초보 티를 벗은 선생님이 되었고, 유치원을 배정받아 일을 시작했다. 준비되지 않은 상태에서 일을 시작했기에 어려움도 많았지만, 모든 과정이 설렘으로 다가왔다. 그리고 숱한 설렘의 시간은 지금의 내가 되는 밑거름이 되었다.

언젠가 어학원에서 한 남학생이 영어 단어 시험을 치는데 'passion'이라는 단어가 나왔다. 바로 답을 하지 못하던 학생에게 "나, 선생님 하면 생각나는 거?"라고 묻자, 학생은 바로 "아, 열정!"이라고 대답했다. 나는 시골에서 태어나 자연을 벗 삼으며 자랐다. 논밭을 뛰어다니며 쥐불놀이를 하고, 도랑에 종이배를 띄워 경주하며 승부의 세계를 꿈꾸던 꼬마가 지금은 '열정' 하면 떠오르는 어른이 되었다.

가능성을 여는 문, 시작

영어 파견강사 일을 시작으로 영어 공부방, 교습소, 작은 영어도서관을 운영했다. 현재는 두 곳의 영어학원과 독서학원, 그림책방, 1인 출판사를 운영하면서 문화센터 강사로도 활동하고 있다. 이 모든 일이 내가 좋아하는 책과 연결된 일이기에 가능했다. 가끔은 시련과 실패도 경험했지만, 쉽게 좌절하지 않았다. 좌절 속에서 또 다른 시작을 꿈꾸고 경험을 토대로 배움을 소중히 생각하면서 다음을 준비했다. 내게 시작은 늘 설레는 일이었다.

많은 사람이 모든 것이 준비가 잘 되어야 시작할 수 있다고 생각하지만, 스스로 생각하는 것보다 준비가 더 잘 되어 있는 경우가 많다. 오히려 머릿속의 많은 생각이 '시작'이라는 것을 시도조차 하지 못하게 방해하는 건지도 모른다. 우리에게 필요한 건 완벽하게 준비한 후에 시작하는 것이 아니라, 시작하고 싶은 마음을 먼저 내세워 스스로 용기를 내는 일이다.

'시작'이라는 단어는 어떤 일이나 행동의 첫 단계를 의미한다. 무언가를 행하는 첫 순간이며, 앞으로 일어날 모든 일의 기반이 되는 중요한 출발점이다. 내가 어떤 일을 시작하지 않는다면 그 일은 절대 진행될 수 없을 뿐 아니라, 어떤 결과도 기대할 수 없다. 아주 작은 시작일지라도, 그 작은 시작이 모여 결국 큰 변화를 만들어 낸다고 믿는다. 시작은 변화의 첫걸음이자, 가능성을 여는 문이다.

시작하지 않으면 아무것도 변하지 않는다

나의 시작에는 늘 특별한 의미가 있었다. 새로운 목표를 세우고, 새로운 도전에 뛰어드는 순간마다 늘 설렘과 두려움이 공존했다. 미지의 세계로 들어서는 첫걸음을 즐겼다. 첫걸음을 내딛는 것이 쉽지만은 않았지만, 그 순간들이 없었다면 결코 앞으로 나아갈 수 없었을 것이다. 가끔은 해 보지 않은 일을 시작하는 것이 두려울 때도 있었다. 그럴 때면, 시작하지 않으면 아무것도 변하지 않는다는 것을 생각하며 용기를 내어 한 걸음 앞으로 내디뎠다. 시작은 단순히 첫 단계가 아니라, 이후의 모든 과정과 성과를 결정짓는 중요한 출발점이라고 늘 생각했다.

'시작' 앞에서 머뭇거리는 사람들이 '시작'의 설렘을 느끼고, 용기를 내어 원하는 것을 '시작'해 보길 바라는 마음으로 이 책을 썼다.

1장은 새로운 시작을 앞두고 불안해하는 당신에게 보내는 메시지다. 처음은 언제나 두렵지만, 그 두려움을 이겨 내고 스스로 응원하는 방법을 찾는다면 더 단단해질 수 있을 것이다. 이 장에서 함께 자신감을 키우고, 자존감을 높여 보자. 당신은 충분히 그럴 자격이 있는 사람이라는 걸 알게 될 것이다. 2장은 꿈을 향해 첫걸음을 내디뎠을 때의 이야기다. 지금까지 살아오면서 모든 것이 완벽하게 준비되지 않더라도 일단 시작하는 용기가 중요하다는 걸 느꼈다. 이 장을 읽으며, 자신의 꿈을 향해 한 걸음 나아갈 용기를 얻기를 바란다. 때로는 작은 발걸음이 인생을 바꿔 놓기도 하니까.

3장은 노력과 열정으로 성장해 가는 과정을 담고 있다. 완벽한 시작이란 없지만, 꾸준한 노력이 결국 우리를 원하는 곳으로 이끈다는 사실을 전하고 싶었다. 실패나 시행착오도 결국에는 우리를 더 강하게 만든다. 그러니 두려워하지 말고 끊임없이 도전해 보자. 4장은 나답게 살아가는 것의 소중함을 이야기한다. 다른 사람의 기대에 얽매이지 않고, 나만의 길을 찾는 것이 얼마나 중요한지 나누고 싶었다. 인생은 속도보다 방향이 중요하고, 복잡함보다는 단순함을 선택할 때 더 오래 지속되는 행복을 찾을 수 있다. 이 글을 읽고 있는 당신도 자신만의 이야기를 만들어 가기를 진심으로 응원한다.

준비가 덜 되었다는 이유로 하고 싶은 일을 내일로 미루거나, 그 일을 잘할 수 있을지 고민만 하거나, 타인의 조언을 구하는 데 시간을 소비하다 보면 결국 매일매일 생각만 많은 하루를 보내게 될 뿐이다. 그러는 사이 중요한 기회를 놓쳐 버릴 수도 있다. 머뭇거릴수록 시작은 더 멀어지기만 한다. 시작에 대한 선택과 결정 앞에서는 단순해질 필요가 있다. 매일 자기 생각을 다듬고, 무엇을 생각하고 믿고 있는지 자신과의 대화를 통해 정리해 보는 것이 중요하다. 그 과정에서 해내고야 말겠다는 의식이 당신의 잠재 능력을 키울 것이다.

어제보다 1% 더 성장하는 오늘, 그리고 조금씩 커 가는 당신의 내일을 응원한다. 다 잘될 것이다. 그러니 자신을 믿고, 열정을 가지고 한 걸음씩 나아가 보자.

차례

part 1. 시작을 머뭇거리는 당신에게

part 2. 나는 시작하는 사람

part 3. 처음부터 잘 차려진 밥상은 없다

part 4. 인생은 속도가 아니라 방향이다

시작을 머뭇거리는
당신에게

쫄지 말자!

'쫄지 말자! 안 죽는다!'
그때의 나를 지탱해 준 마음가짐이었다.

"은경아, 뉴스 속보 봤어?"

다급한 목소리로 언니에게서 전화가 왔다.

"무슨 속보? 무슨 일 있어?" 하며 TV를 켰다.

그때 본 뉴스가 나에게 어떤 어려움으로 다가올지 언니의 전화를 받기 전까지는 전혀 예상하지 못했다. 2020년 1월 말, 학원 운영을 시작한 지 1년이 되었을 즈음 전 세계에 들이닥친 팬데믹이 내가 사는 지역에서 처음 터졌다.

영어 교습소에서 어학원으로 확장 이전한 뒤 사흘이 멀다 하고 학원 상담 문의가 왔다. 1년 만에 100명 이상의 원생을 확보하면서 학원이 급성장하고 있었다. 그런 상황에서 팬데믹이라니, 학원 성장을 위해 노력해 온 시간이 물거품이 될까 봐 덜컥 겁이 났다.

길에는 사람이 다니지 않았고, 복잡한 도심의 도로는 한산했으며, 가게는 모두 문을 닫았다. 나 또한 예외 없이 학원 문을 닫게 되었다. 불 꺼진 교실은 텅 비었고, 아이들의 웃음소리와 공부하는 소리는 들리지 않았다. 곧 상황이 괜찮아져서 아이들을 다시 만날 수 있으리라 기대했지만, 하루가 지나고 한 달이 지나도 나아지기는커녕 더 심각해졌다. 거의 넉 달 동안 학원 문을 열지 못하게 되자 월세와 공과금은 물론, 임대보증대출금 이자도 내기 어려운 상황이 되었다. 베란다 창 너머의 파란 하늘만 봐도 막막하고 공허한 마음에 눈물이 났다. 남편도 자영업자라 가게 문을 닫고 수입이 없어진 건 마찬가지였다. 가정의 수입이 모두 끊긴 상황이 되자 하늘이 무너진다는 말이 무슨 말인지 이해되기 시작했다. 그제야 정신이 번쩍 들었다. 자칫하다가는 원생들이 학원을 그만두는 상황이 생길 수 있겠다는 생각에 머리가 아찔했다. 상황이 좋아지기를 마냥 기다리고 있을 수만은 없었다.

어떻게든 부딪혀 이겨 내야 했다. 강사들도 다시 일자리로 돌아올 수 있게 해야 했다. 그때부터 마음을 단단히 먹고 매일 아무도 없는 학원에 출근해 강의실마다 불을 켜고 쓸고 닦고 청소하기 시작했다. 아이들이 돌아올 때 기쁜 마음으로 맞이하고 싶었다. 그러고는 사흘 밤낮을 계획해 온라인 수업을 준비했다. 다행히 우리 학원은 네이버 밴드를 통해 학부모와 소통하고 있었기 때문에 자료를 올리면 쉽게 이용할 수 있었다. 우선 아이들의 학습이 끊기지 않도록 방법을 찾아보았다. 학생들에게 맞는 학습 레벨로 분류해 교재를 제작했다. 집에 있는 아들, 딸, 남편을 모두 동원해 밤새워 제본 작업을 했다. 그렇게 만든 교재를 복도에 비치해 두고 학부모들이 각자 찾아가게 했다.

그런 다음 직접 수업 영상을 찍어 밴드에 올리고, 매일 학생들의 학습 상황을 확인하며 관리했다. 학습이 잘 이루어지지 않는 경우에는 전화를 걸거나 SNS를 통해 소통했다. 그리고 레벨별로 반을 나누어 화상 영어 수업을 하며 학습을 이어 갔다. 그랬더니 학부모들이 나를 믿고 아이들을 모두 수업에 참여시켜 주었고, 그렇게 넉 달을 버티니 한 명도 이탈 없이 원생이 전원 복귀했다. 다시 만난 그날의 감격스러움은 이루 말로 표현할 수가 없었다.

당시 전 세계에 불어닥친 이 일은 누구에게도 예외 없이 큰 충격을 안겨 주었다. 처음 겪는 일이었기에 모두 우왕좌왕하며 연습 없는 실전 속에서 헤매야 했다. 그 힘든 시기에 우리는 저마다 큰 산을 넘어야 했다.

나는 '코로나! 괜찮아, 다 지나갈 거야'라는 안일한 마음보다는 '쫄지 말자! 부딪혀 보자!'라는 마음으로 매일 거울을 보며 다짐했다. 위로로 나를 일으켜 세우기보다는 강인한 정신력이 필요했다. 어떻게 이 상황을 돌파할지 매일 고민했고, 그 고민 속에서 빠른 적응과 대응만이 답이라는 것을 알게 되었다. '피할 수 없으면 즐기자'라는 마음으로 코로나19가 터지기 전보다 더 바쁘게 하루하루를 보냈다.

누구도 예상하지 못한 힘든 상황이었지만, 정신을 바짝 차리고 하나하나 부딪혀 나가면서 이겨 낼 수 있었다. '쫄지 말자! 안 죽는다!'라는 마음가짐이 당시의 나를 지탱해 주었다. 피할 수 없는 고난이 닥칠 때, 단순히 위로받는 것보다 자신의 힘을 믿고 어려움을 극복해 나가는 과정이 필요하다는 것을 깨달았다. 이 일은 나를 더 단단해지게 만들었고 앞으로 어떤 어려움도 두려워하지 않고 맞서 이겨 낼 용기를 주었다.

"쫄지 말자! 안 죽는다!"

내 마음의 주인이 되어야 한다

내 삶의 주인공은 나다.
나를 먼저 대접하는 사람이 되자.
나 자신을 환대하자.

"인생에서 가장 힘들었던 때가 언제인가요?"

이런 질문을 받는다면 마흔을 조금 넘겼던 그때를 떠올릴 것이다. 공교롭게도 타인의 생사에 관여된 적이 있었다. 지금까지 살면서 크게 힘들다고 느낀 순간이 별로 없었지만, 그때는 정말 큰 고통과 고난의 시간이었다.

누구에게나 살면서 힘들었던 기억이 있다. 나 또한 생각이 꼬리에 꼬리를 물어 머릿속을 떠나지 않고, 아침에 눈을 뜨기조차 싫었던 순간이 있다. 나의 잘못이 아님에도 나의 잘못으로 치부되어 책임을 져야 하는 상황에서 좀처럼 이해할 수 없는 일을 견뎌 내기 위해 멘탈을 붙잡고 강제로 나 자신을 이해시켜야 했다. 그 시간은 누구도 대신해 줄 수 없는, 오롯이 나의 그릇만큼 담아 내야 하는 과정이었다. 생전에 종교를 찾지 않던 내가 그때는 신앙의 힘을 빌려야 하나 싶을 정도로 힘에 부쳤다.

힘들어하는 내 모습이 걱정스러웠던지, 당시 중학교 3학년이던 딸아이가 힘든 마음을 이겨 내는 데 도움이 되는 따뜻한 영상과 음악을 보내 주었다. 엄마가 덜 힘들기를 바라는 딸의 마음이 느껴져 듣는 내내 마음이 더 아팠지만, 다 듣고 나니 한결 기분이 나아졌다. 그때부터 마음공부에 관한 영상을 찾아보기 시작했다. 처음에는 별것 아닌 것 같았지만, 계속해서 듣다 보니 마치 위에서 나를 내려다보는 듯한 기분이 들었다. 그렇게 조금씩 상황을 이해하고 받아들이는 연습을 했더니 마음속에 쌓여 있던 응어리가 서서히 가라앉았다. 매일 일을 마치고 집에 돌아와 걸으면서 영상을 들었다. 그러다 보니 점점 숨통이 트이는 것 같았다.

그 시간을 견디며 깨달은 것은 인생의 답은 항상 내 마음속에 있다는 것이다. 나 자신과의 대화를 통해 스스로 마음을 다스리면 나를 믿는 자기 확신이 생기게 된다. '나는 누구인가?' '나는 어떤 사람인가?' '나는 무엇을 좋아하는가?' '나는 언제 즐겁고 행복감을 느끼는가?' 이러한 질문을 던지며 답을 찾는 과정을 통해 나는 자기 확신을 만들 수 있었다.

"여러분은 그냥 여러분 마음 가는 대로 사십시오. 여러분을 누구보다 아끼고 올바른 길로 인도하는 건 그 누구도 아닌 여러분 자신이며, 누구의 말보다 더 귀담아들어야 하는 건 여러분 자신의 마음의 소리라고 생각합니다. … 여러분, 귀를 꼭 귀를 기울여 보세요. 너무 작아서 못 들을 수도 있지만 믿음을 갖고 들어 보면 그 소리가 점점

커짐을 느낄 수 있습니다. 나를 인정해 주고 사랑해 주는
내 안의 그 친구와 손잡고 쭉 나아가세요."
　- 이효리, 국민대학교 2023학년도 학위수여식 축사 중

　내 마음의 주인이 되어야 한다. 그러려면 감정을 구체화
하고 정신의 실체를 만나는 연습을 꾸준히 해야 한다. 예
전에 나는 막연히 기분이 좋지 않거나 우울하거나 괴로우
면 그 상태 그대로 있었다. 하지만 그렇게 감정을 방치한
상태로는 상황이 나아지지 않았다. 영화 〈인사이드 아웃〉
을 보면 각 감정에 이름이 있듯이, 나도 감정에 이름을 붙
이고 원인을 찾으려고 노력했다. 어느 날 무작정 우울함
에 빠져 있을 때, 그 감정을 '슬픔'이라고 이름 붙이고 원
인이 무엇인지 깊이 생각해 보았다. 그 과정에서 나를 이
해하는 시간을 가질 수 있었다.

　나 자신을 만나야 위로도 하고 치유도 할 수 있다는 것
을 깨달았다. 그동안 타인의 마음을 헤아리기 위해 많은
시간을 보냈지만, 정작 나 자신을 이해하는 데는 소홀했
다. 내 마음을 이해하는 데 많은 시간과 애정을 쏟는 일
이야말로 즐겁게 살아가기 위한 가장 가치 있는 일이라는
사실을 알게 되었다. 만약 누군가가 나를 힘들게 할 때면
하나만 기억하면 된다.

"나는 그런 모욕을 겪을 사람이 아니다."

"나는 타인에게서 따가운 시선을 받아야 할 사람이 아니다."

사람들은 본인 일보다 남의 일에 더 관심을 가지곤 한다. 세상의 중심은 자신이어야 하지만, 때로는 타인의 시선이 더 중요한 것처럼 느껴지기도 한다. 그러나 타인이 내뱉는 말이 설령 나에 대한 진실일지라도, 그들에게는 나를 비난할 자격이 없다는 사실을 잊지 말아야 한다. 지금의 힘든 상황과 수많은 사람으로 인해 마음이 무겁더라도, 이는 모두 나를 더 단단하게 만드는 밑거름이 될 것이다. 타인의 말에 흔들리지 말고, 그들의 비중과 영향력을 내 인생에서 줄여 보자. 내가 내 삶의 중심이 되어 나를 먼저 대접하는 사람이 되자. 나 자신을 환대하자.

자존감은 내가 만드는 것이다

남의 시선에 상관없이
자신을 우러러보는 것이 자존감이다.
오늘도 나는 나를 우러러본다.

"안녕하세요. 원장님. 오늘 면접을 보기로 한 김은영입니다."

어색한 듯 작은 목소리로 본인을 소개하며 강사 면접자가 학원 문을 열고 들어왔다.

"네, 안녕하세요. 들어오세요, 은영 씨."

그렇게 면접이 시작되었고, 이력서를 보며 몇 가지 질문과 대답이 오갔다.

"최근 육아에만 전념하셨네요."

"네, 다섯 살 아들을 키우고 있습니다. 이제 다시 일을 시작하고 싶어서요. 그런데 사실 무엇부터 해야 할지 모르겠어요."

점점 흐려지는 말끝에서 일을 다시 시작하는 데서 오는 막막한 마음과 본인에게 기회가 주어질지에 대한 두려움이 느껴졌다.

"지금 학생들 수업 바로 진행할 수 있으세요?"

"솔직히 말씀드리면, 그동안 육아만 하느라 준비된 것이 없어요. 기회를 주신다면 배우면서 일하고 싶어요."

이어서 그녀는 자신의 상황을 말하기 시작했다. 보통의

면접과는 다른 상황에 조금 당황했지만, 그 마음을 누구보다 잘 알기에 얘기를 들으며 그녀의 등을 쓰다듬어 주었다. 육아와 일을 병행하는 이 시대의 모든 워킹맘은 알 것이다. 세상과 자신을 연결하기 위해 다시 시작하겠다는 마음으로 직장 문을 두드리는 심정이 얼마나 막막한지.

"많이 힘드셨겠어요."
내가 건넨 한마디에 은영 씨는 눈물을 흘렸다. 건넨 휴지가 눈물로 녹아내렸다. 그녀가 소리 없이 흘린 눈물의 의미를 남자들은 모를 것이다. 면접은 고사하고 순식간에 사무실이 상담소로 변했다. 자존감이 바닥 끝까지 내려앉은 그녀에게 조금 먼저 경험해 본 나의 이야기를 들려주었다.

"은영 씨, 저도 두 아이를 육아하다가 둘째가 돌쯤 되었을 때 다시 직장을 구했어요. 지금 은영 씨 마음이 어떤지 누구보다 잘 알아요. 세상과 단절된 것 같은 소외감이 느껴지죠? 하지만 오늘 면접 보러 오신 것만으로도 충분히 다시 시작할 가능성이 있고, 긍정적으로 생각해도 좋을 것 같아요. 이 책 한번 읽어 보세요."

책장에 꽂혀 있던 『꿈이 있는 아내는 늙지 않는다』라는 김미경 작가의 책을 건넸다.

"은영 씨처럼 육아만 하다가 다시 일하겠다고 마음먹었을 때 우연히 읽은 책이에요. 이 책을 읽고 나서 자존감이 많이 높아졌어요. 목표도 생기고 내 일을 가지고 내 삶을 살아야겠다는 생각도 하게 되었죠. 책을 읽으면서 가슴이 뛰고 숨통이 트이는 느낌을 받았던 제 인생 책 중 하나예요. 살다 보면 인생에 터닝 포인트가 필요할 때가 있어요. 은영 씨의 경우 지금이 그 순간이라고 생각하세요. 시간을 잘 계획하고 생각하면서 이 책을 읽어 보면 도움이 많이 될 거예요."

책을 건네받은 은영 씨는 눈물을 그치고 감사의 인사를 했다. 나는 조금 더 말을 이어 갔다.

"은영 씨는 지금 자존감을 높이는 것이 도움이 될 것 같아요. 자존감은 자신을 존중하는 마음이니 항상 '나는 괜찮은 사람이다'라고 생각하고, 남의 시선 상관없이 자신을 스스로 우러러보는 습관을 들여 보세요.

자존감을 끌어올리는 첫 번째 방법은 몰입하는 삶을 사는 거예요. 은영 씨 삶에 집중해서 주어진 본분에 더 몰입해 보는 게 우선이에요. 또 하나는 본인이 좋아하는 일에 몰입해 보는 거예요. 저는 독서를 좋아해요. 독서는 마치 무언가에 흔들릴 때 황량한 사막에서 찾은 오아시스처럼 느껴지거든요. 제가 김미경 작가의 책을 읽은 후 방향을 잡고 용기를 얻은 것처럼요.

두 번째 방법은 은영 씨가 빛날 수 있는 곳으로 가는 거예요. 자존감을 갉아먹는 요인 중 하나는 관계 또는 주변 환경이에요. 내 자존감과 영혼을 갉아먹는 관계나 장소가 있다면 손절하는 것도 하나의 방법이에요. 굳이 욕먹으면서 일할 필요도 없고, 굳이 싫다는 관계를 유지할 필요도 없어요. 내가 하는 일을 인정받을 수 있는 곳에 가고, 나를 아끼고 사랑해 주는 관계를 만들어 보세요. 은영 씨를 빛나게 하는 곳이 자존감을 충만하게 채워 줄 거예요.

마지막 방법은 공부하는 거예요. 저는 이 방법이 자존감을 높이는 가장 기본적이고 좋은 방법이라고 생각해요. 언제든 새로운 것을 배울 수 있기에 인생은 변화할 수 있고, 그렇기에 언제든 희망이 있으니까요. 나이가 들수록 약간 더 어려워지고 시간이 좀 더 걸릴 수도 있어요. 하지만 배우고 변화할 수 있다는 사실은 분명해요. 모든 건 각자의 방식을 얼마나 고집하느냐에 달렸다고 생각해요.

제가 얼마 전에 〈특종세상〉이라는 TV 프로그램에서 74세에 시작해 14년째 영어 공부를 하고 있는 88세 할아버지를 본 적이 있어요. 그동안 공부하면서 쓴 노트 양이 어마어마하고, 펜도 한 달에 60자루 정도 사용하신대요. 그 할아버지에게 어떻게 이렇게 해 올 수 있냐고 질문하니 '어떻게 하긴요. 끈질기게 해야죠. 사람은 끈기가 있어야 해요. 끈기가 없으면 보람이 없어요'라고 하시더라고요. 할아버지는 누구보다 당당하고 활기차 보이고 스스로에 대한 자존감이 굉장히 높아 보였어요. 그리고 무엇보다 정말 행복해 보였어요."

그날 면접은 경력이 단절된 한 여성을 위로하고 응원하는 시간이 되었다. 이런 경우가 처음이라 당황스러웠지만, 시작에 대한 두려움을 줄여 주고 자신감을 회복할 수 있도록 도와주고 싶었다. 그녀의 삶을 응원해 주고 싶었다.

자존감은 어떤 일의 성공 여부와 관계없이 스스로 가치 있는 존재라고 느끼는 것이다. 자존감이 높은 사람은 여러 차례 실패를 겪더라도 '괜찮아, 다시 해 보지 뭐'라고 생각하며 다시 시도하거나, '이건 내가 잘못했네'라고 생각하며 부족한 부분을 바르게 인정한다. 건강한 자존감을 가진 사람은 자신의 부족함을 인정하고 긍정적으로 자신의 장점을 발견하려고 한다. 그러므로 결과에 따라 자신의 가치가 변하는 일이 없다.

자존감이 낮으면 행복할 수 없다. 행복을 바란다면 가장 먼저 자존감을 회복해야 한다. 자신을 믿는 마음이 강해져야 한다. 스스로 자존감을 지키고 살아가려면 그에 맞는 환경을 계획하고 만들어야 한다. 남의 시선 상관하지 말고 나 자신을 우러러보자.

이 정도쯤이야, 괜찮아

오늘도 나는 속삭인다.
"이 정도쯤이야, 괜찮아."
나를 다독이며 또 하루를 살아간다.

"선생님, 오늘 있잖아요~"

아이들이 쫑알거리며 내 옆으로 모여든다. 눈을 반짝이며 하루 동안 있었던 일을 말하고 싶어 하는 아이들의 모습은 언제 봐도 사랑스럽다. 아이들이 '선생님!' 하고 부를 때마다 마음이 따뜻해지고, 지금까지의 모든 노력이 보상받는 기분이 든다. 이렇게 시작된 나의 길은 작은 영어 공부방에서 출발해 어느새 학원을 운영하는 자리까지 이어졌다. 이제 선생님들은 나를 '원장님'이라고 부른다. 처음에는 그 호칭이 낯설었지만 기분이 좋았고, 동시에 더 큰 책임감이 느껴졌다. 이 학원을 더 키워서 선생님들에게 안정적인 직장이 되도록 운영해 보고 싶었다.

물론, 학원을 운영하면서 예상하지 못한 어려움도 있었다. 특히 사람들과의 관계에서 오는 상처와 스트레스는 미처 준비하지 못했던 부분이다. 처음에는 좋은 관계를 유지하는 것이 가장 중요하다고 생각했지만, 때로는 그 관계들이 나를 아프고 힘들게 했다. 그러나 관계에서 오는 어려움과 스트레스를 겪는 과정에서 나름대로 나를 지키는 방법을 배우게 되었다.

첫째, 내가 하는 일을 진심으로 사랑해야 한다. 어떤 일이든 애정을 가질 때, 그 일은 단순한 업무를 넘어 삶의 일부가 된다. 나는 이 일을 사랑하기에 힘든 순간에도 버틸 수 있었다. 이러한 진심 때문에 이 길을 포기하지 않고 계속 걸어올 수 있었다.

둘째, 복잡한 생각을 내려놓는 연습이 필요하다. 머릿속이 복잡해질 때마다 걸었다. 아침에 하는 명상과 산책은 마음의 평화를 주었다. 걸으면서 마음을 다스리고 뛰면서 온몸의 감각을 일깨우는 시간이 나를 지켜 주는 힘이 되었다.

셋째, 다른 사람에게 큰 기대를 하지 않아야 한다. 기대가 크면 실망도 크다는 것을 여러 번 경험했다. 내가 기대하는 만큼 다른 사람들 역시 나를 이해해 주길 바라기보다는 그냥 있는 그대로 받아들이는 법을 배우게 되었다. 그러다 보니 오히려 마음이 더 편안해졌다.

넷째, 불필요한 상황은 빨리 종료시켜야 한다. 지나치게 오래 끌고 가는 불편한 관계는 나를 더 지치게 했다. 그럴 때는 빠르게 결단하고 정리하는 것이 내 정신 건강을 위해서도, 다른 사람들을 위해서도 중요하다는 것을 알게 되었다.

이러한 경험을 통해 나는 조금씩 더 강해지고 성숙해졌다. 예전에는 크게 느껴졌던 스트레스를 이제 가뿐하게 넘길 수 있을 만큼 단단해졌다. 오늘도 나는 속삭인다.

"이 정도쯤이야, 괜찮아."

나를 다독이며, 또 하루를 살아간다.

매일매일 주어지는 시간이 나를 조금씩 더 강하게 만들어 준다. 어렵고 힘든 순간도 많지만, 그 속에서 배우고 또 성장한다. 오늘도 내 길을 걸어가며, 주어진 모든 것에 감사하는 마음으로 하루를 마무리한다. 그렇게 내일도 힘차게 시작할 것이다.

멈춰야 할 때 멈추는 것이
진정한 용기다

멈춰야 할 때 멈추는 것이
진정한 용기라고 생각한다.
노력하고 꾸준히 무언가를 하는 동안
새로운 기회는 언제든지 다시 찾아올 테니까.

"왜 작은 영어도서관을 하려고 하세요? 작은도서관은 지원금 없는 것 아시죠?"

도서관 허가 업무를 위해 실사를 나온 군청 공무원이 비치된 많은 영어책과 도서관 공간을 둘러보며 의아한 눈빛으로 던진 첫 질문이다. 혹시 문제가 있나 싶은 걱정스러운 마음에 실사를 처음 받느라 긴장까지 더해진 나는 단순하고 무식하게 대답했다.

"하고 싶어서요."

'아차! 이게 맞나? 뭐가 잘못된 건가? 허가를 안 해 주면 어떡하지?'라는 걱정 속에서도 그렇게 말했다.
'하다가 힘들거나 잃는 것도 있겠지만, 경험하면서 얻는 것도 분명히 있을 거야. 난 지금 이 일을 너무 해 보고 싶어서 하는 거야.'
아이들이 책과 한 몸처럼 뒹굴며 즐거워하는 모습을 상상하면서 이런 공간을 꿈꾸었다.

다행히 허가 절차는 순조롭게 이루어졌고 군청에서 작은도서관 등록 허가증을 받아 개관하게 되었다. 동네 아이들이 도서관을 이용할 수 있도록 알리기 위해 설명회도 진행했다. 몇 개월간 운영한 후에는 강사 파견 지원사업을 신청해 어른을 위한 그림책 읽기 수업과 어린이 영어 수업을 하는 강사를 지원받기도 했다. 수업을 기획하고 참가자를 모집하면 사람들이 내가 만든 도서관 공간으로 찾아왔다. 그들이 책을 통해 즐거움을 찾는 모습을 보면 뿌듯하고 기분이 좋았다. 여러 가지 경험을 해 보니 즐겁기도 하고, 내가 상상하는 대로 이루어지는 것 같아 신기하기도 했다.

아이들이 영어책과 친해질 수 있도록 도와주고, 즐거운 독후 활동을 통해 한 권의 책도 의미 있게 기억에 남게끔 도와주는 도서관. 내가 늘 상상하던 도서관의 모습이다. 그래서 매월 추천 도서와 작가를 선정하고 여러 가지 특별 활동도 하면서 아이들과 함께 책을 읽고 알아 가는 기쁨을 누렸다. 작은 영어도서관을 이용하는 특별한 아이들이 되게 해 주고 싶었다. 아이들이 불규칙적 도서관을 이용하거나 보육 형태로 이용하게 되면 이런 활동이 순조롭게 운영되지 않기 때문에 관리형으로 운영했다. 집 근처에서 이렇게 특별한 곳을 이용할 수 있다는 사실에 기뻐하며 믿고 아이를 보내 주는 학부모가 많아졌다. 그러나 그런 기쁜 마음은 그리 오래가지 못했다.

"왜 돈을 받아요? 여기 도서관 아닌가요?"

상담 후 도서관 이용에 대한 후원금에 관해 설명하니 이렇게 묻는 사람이 하나둘 생기기 시작했다. 대부분 '도서관'이라 하면 무료로 이용하는 곳이라 생각하기 때문이다.

"저희는 군립이나 시립도서관이 아니라서 선택적으로 후원금을 받아 운영하고 있습니다." 구구절절한 설명을 여러 번 하고 나니 어느 순간 현실과 이상의 온도 차이가 느껴졌다.

"새댁, 지난달 월세가 아직 안 들어왔어. 확인해 줘요." 건물 주인의 전화였다.
"네, 죄송합니다. 이번 달 말일까지는 꼭 보내드릴게요."

몇 차례 이런 전화를 받고 나니 이게 맞나 싶은 생각이 들기 시작했다. 운영 비용이 만만치 않으리라는 것은 예상했지만, 시간이 갈수록 월세와 인건비 및 관리 운영비를 모두 감당하기에는 후원금이 턱없이 부족했다. 영어 교습소를 운영하면서 받은 수업료는 고스란히 도서관 운영비가 되었다.

"선생님, 우리 아이 영어 실력은 어때요?"

"알파벳을 아직도 잘 모르던데, 도서관에 가서 뭐 하는 거죠?"

적은 비용의 후원금이라도 돈을 받으니 가끔은 영어학원처럼 생각해 영어 실력을 높여 주기를 바라는 학부모도 있었다. 생각의 차이에서 느껴지는 공허함이 좀처럼 감당되지 않았다. 열정과 에너지를 쏟는 것에 비해 주위 시선마저 곱지 않다는 것을 알게 되니 회의감이 들기 시작했다. 그제야 허가를 위해 실사 나왔던 공무원의 말과 눈빛이 생각났다. 왜 그런 눈빛으로 쳐다봤는지 이해되기 시작했다. 결국 작은 영어도서관을 운영한 지 딱 1년 만에 정리하기로 했다.

짧은 기간이었지만 작은 영어도서관을 운영하면서 얻은 많은 추억과 경험은 다음을 향한 발걸음에 큰 도움이 되었다. 처음에는 '도서관'이라는 설레는 세 글자에 도전한다는 것과 남이 쉽게 도전해 보지 않은 일을 한다는 것에 기쁨과 설렘과 성취감이 있었다. 무엇보다 학부모들을 만나 상담하면서 상담 기술이 많이 늘었다. 그러나 크게 깨달은 바가 있다면 도서관은 금전적, 시간적 여유가 있을 때 해야 한다는 것이다. 자선 사업을 하려는 사람이 하면 좋은 일이라는 걸 해 보고 나서야 알게 되었다. 이 또한 경험하지 못했다면 알지 못했을 깨달음이다. 경험하지 않았다면 내내 해 보고 싶다는 마음으로 살았을지 모르니까.

도서관을 정리하는 일에 후회와 미련은 없었다. 그런 마음이 들지 않을 만큼 누구보다도 열정을 다해 도서관을 운영했기 때문이다. 당시 알게 된 학부모 한 분이 얼마 전에도 이런 얘기를 해 주었다. "선생님, 우리 다은이는 벌써 6년 전인데도 그때 도서관에서 책 읽고 좋았던 걸 지금도 종종 얘기해요."

모든 상황을 파악하고 인정하고 내려놓으면서 최선을 다한 후 남은 결과를 받아들였다. 1년 전, 그저 현재에 집중하며 좋아하는 일을 하고 싶다는 생각으로 도서관 운영을 시작했다. 이해와 타산을 생각했다면 시작하지 못했을 일이다. 멈춰야 할 때 멈추는 것이 진정한 용기라고 생각한다. 노력하고 꾸준히 무언가를 하는 동안 새로운 기회는 언제든지 다시 찾아올 테니까.

운다고 달라지는 건 없지만
울어도 좋다

마음도 쉴 곳과 표현할 공간이 필요하다.
마음은 눈물에 기대어 자신의 존재를 드러내고
편안함을 느낀다. 마음이 있기에 내가 존재한다.

"가원아, 공 받아!"

3월 첫 주말, 초등학교에 입학한 딸아이와 학교 운동장에서 함께 배드민턴을 치던 중이었다. 공을 받으려고 뒷걸음질하다가 무릎이 삐끗하면서 넘어졌다. '으악! 어? 좀 이상한데?'라는 생각이 들었고, 일어서려는데 다리가 도무지 움직이지 않았다. 남편 등에 업혀 허겁지겁 병원으로 가서 엑스레이를 찍었다. 의사 선생님이 왼쪽 무릎이 파열되었으니 바로 수술해야 한다고 했다.

당시 나는 3월에 새로운 유치원을 배정받아 어린이 영어 파견강사로 일하고 있었고, 첫아이는 초등학교 입학 후 적응이 힘든 상황이었으며, 둘째는 손 많이 가는 여섯 살이었다. 결국, 그렇게 좋아하던 일을 그만둬야 했다. 수술과 입원으로 인한 엄마의 부재를 어찌 대처해야 할지 눈앞이 캄캄하고 막막했다. 내가 아픈 것보다 엄마 껌딱지인 첫째가 더 걱정되었다.

파열된 무릎 연골을 깨끗하게 정리하는 수술을 마치고 나오니 시어머니께서 "괜찮다, 지나가면 다 괜찮다" 하시며 손을 잡아 주셨다. 그 한마디에 참았던 울음이 터졌다. 이불을 뒤집어쓰고 펑펑 울었다.

'반밖에 남지 않은 왼쪽 무릎 연골로 평생 불편함을 안고 살아야 하나?'

'일을 다시 할 수 있을까?'

'애들은 며칠 동안 엄마 없이 어떡하지?'

'아무리 바빠도 딸이 수술했는데 한번 와 주지. 엄마는 와 보지도 않고….'

나도 엄마지만, 아플 때는 엄마가 보고 싶었다. 하필 수술 시기가 바쁜 3월이라 시골에서 농사지으시는 부모님은 와 보지 못해 미안해하셨다. 괜찮다고 했지만, 실상은 당시 서른이 넘은 나도 마음은 아직 아이처럼 어렸던 모양이다. 수술을 마치고 나니 이런저런 여러 가지 감정이 한꺼번에 몰려왔다. 그래도 실컷 울고 나니 마음이 좀 가라앉았다.

퇴원 후, 두 달 정도는 아침마다 목발을 짚고 딸아이 학교 4층 교실까지 오르내렸다. 새로운 환경에 적응하기 힘들어하는 내성적인 아이라 초등학교에 적응하는 시간이 다른 아이들보다 길었다. 더구나 학기 초인 3월에 엄마가 다쳐서 입원까지 했으니 많이 혼란스럽고 겁이 났을 것이다. 교실에 들어갈 때마다 선생님과 나는 만반의 준비를 해야 했다.

"엄마, 학교 가기 싫어! 엉엉~ 엄마~ 엄마!"

엄마와 생이별하듯 목 놓아 울어 대는 아이를 선생님이 겨우 달래 교실로 끌고 가듯 데려가기도 했다. 그렇게 퇴원 후 두 달 정도 적응시켰고, 더운 여름이 시작되는 6월쯤부터 혼자 학교에 다니게 되었다.

우리의 갑작스러운 변화 시기에 맞물려 우리나라에서는 노란 리본이 TV 화면을 빼곡히 채웠다. 제주도로 수학여행을 가는 학생들이 탄 배가 침몰하는 사건이 터졌다. 그 기사를 보는 내내 그 슬픔으로 인한 것인지 나의 힘듦으로 인한 것인지 좀처럼 구분되지 않는 눈물이 하염없이 흘러내렸다. 그냥 울고 싶었던 내 마음을 핑계 삼아 울었다. 힘든 시간 동안 내 마음이 하고 싶은 대로 하도록 내버려 두었다. 모든 신경 세포가 엉켜 버릴 만큼 눈물이 흘러도 그냥 내버려 두었다. 그랬더니 한결 마음이 편해졌다.

마음도 쉴 곳과 표현할 공간이 필요하다. 마음은 눈물에 기대어 자신의 존재를 드러내고 편안함을 느낀다. 그렇게 마음이 존재감을 드러낼 때는 그냥 두어야 한다. 마음을 표현하지 않고 억누르며 가두지 말자. 운다고 달라지는 건 없지만 울고 싶을 때는 마음껏 울어도 괜찮다. 마음이 있어 내가 존재하니까.

자신만의 공간이 필요하다

온전히 나만 생각하고 돌보며 숨을 고를 수 있는,
오롯이 내 시간을 보낼 수 있는 공간.
지구 어딘가에 그런 공간이 있다는
사실이 주는 위안은 생각보다 크다.

"책방지기님에게 안녕그림책방은 어떤 의미예요?"

책방에 처음 방문한 미소가 아주 예쁜 손님이 물었다. 처음 받아 본 질문이었고 그에 대해 한 번도 생각해 보지 않았던 터라 잠시 머릿속이 하얘졌다.

"음…. 저에게 안녕그림책방은요."

천천히 말을 이어 갔다.

"책방은 저한테 숨통 같은 곳이에요. 온전히 나만 생각하고 돌보며 숨을 고를 수 있는, 오롯이 나만의 시간을 보낼 수 있는 공간이죠."

이 손님과의 인연은 계속 이어져 지금은 함께 책방을 운영하는 책방지기가 되었다. 얼마 전 이사한 집으로 초대를 받았다. 깔끔하게 꾸며진 집 곳곳에 두 아이의 책과 물건이 눈에 띄었다. 하지만 선생님만의 온전한 공간이 보이지 않았다.

"선생님 책상은 어디에 있어요?"

"아이들 방 정리해 주고 나니 좁아서 남편이랑 책상을 같이 쓰고 있어요."

집이 좁지는 않지만, 아이들을 키우다 보니 자신의 공간을 마련하기가 쉽지 않아 보였다. 생각을 정리하고 공부할 수 있는 책상은 마음 건강에 필수적이라 생각한다.

그래서 집들이 선물로 책상과 탁상 스탠드를 주문했다.

"선생님, 하루 이틀 뒤에 택배가 도착할 거예요. 선물이 마음에 들면 좋겠어요."

그렇게 말하고 집을 나섰다. 며칠 뒤 선생님이 예상치 못한 선물을 받았다며 고마움을 전했다.

"고마워요, 선생님. 제 공간에서 열심히 앞으로 나아가 볼게요."

"네! 선생님을 잘 돌보며 힘차게 나아가셔야 해요."

가장 듣고 싶었던 말이었다. 나는 공간이 주는 힘을 믿는다. 책방을 통해 나만의 숨구멍을 만들었듯이, 선생님의 공간도 숨구멍처럼 자신만을 위한 온전한 시간으로 채워지길 바랐다.

한 사람의 시간은 그 사람의 인생 자체다. 그 사람이 시간을 대하는 태도를 보면 삶의 태도를 알 수 있다. 무엇을 하며 시간을 가장 많이 보내는지가 그 사람의 정체성을 만든다. 공간도 마찬가지다. 오랜 시간 머무는 곳이 곧 그 사람이다. 시간과 공간은 분리된 개념이 아니다. 결국 어디서 어떤 시간을 보내는지가 우리의 삶을 결정한다.

사람은 누구나 자신만의 공간이 필요하다. 지구 어딘가에 그런 공간이 있다는 사실이 주는 위안은 생각보다 크다. 그 작은 공간이 바쁜 일상에서 다시 일어설 원동력이 되어 준다. 그러니 지금, 나만의 공간을 만들어 보자. 혼자만의 숨 쉴 공간을 만들어 보자. 책상 위에 책과 좋아하는 물건 하나만 두어도 좋다. 그곳에서 나만을 위한 시간을 보내며 온전히 자신을 바라보자. 우리가 사는 세상에서는 타인을 먼저 생각하고 챙겨야 할 일이 많아 때때로 나를 잊어버리기 쉽다. 가족이나 다른 사람이 우선이 되기 마련이지만, 나를 먼저 찾고 위로해야 타인과 나의 마음 건강을 함께 챙기며 살 수 있다. 그곳에서 다시 나를 발견하고, 새로운 힘을 얻을 수 있을 것이다.

오늘도 내 책상에는 책과 맥주와 프레드릭 인형이 있고, 공간 안에는 너드커넥션의 〈좋은 밤 좋은 꿈〉이 흐른다.

부족함을 느끼면
채워야 할 것이 보인다

배고파야 먹을 것을 찾고,
부족함을 느껴야 채워야 할 것이 보인다.

시골에서 농사지으시는 부모님은 삼 남매를 대구로 유학 보내셨다. 생활비를 보내 주기에도 버거웠던 만큼 삼 남매를 모두 대학에 보낼 여력이 없으셨다. 중학교 3학년 때 담임선생님이 진로를 결정해야 하니 어느 고등학교에 진학할 건지 알아 오라고 하셨다. 그날 저녁, 공중전화기에 100원짜리 동전을 넣고 시골에 계신 아버지한테 전화를 드렸다.

"제 성적으로 인문계 진학이 가능해요. 저 공부하고 싶어요."

잠시 정적이 흐른 뒤 수화기를 통해 아버지의 대답이 들려왔다.

"은경아, 집안 형편이 넉넉하지 않으니 실업고에 가서 사무직으로 취업해 집에 도움이 되었으면 한다."

"네… 아버지. 알겠어요."

수화기를 내려놓고 집에 가는 내내 눈물을 훔치며 거리를 한참 서성였다.

얼마 후 나는 실업계 고등학교 중에서 경쟁이 가장 치열한 학교에 진학했다. 대부분의 친구도 집안 환경이 어렵거나 저마다의 사정이 있었다. 그 안에서 나는 당당히 살아남아야 했다. 당연히 우수한 성적으로 입학한 줄 알고 우쭐대던 차에 우연히 나의 입학 성적을 알게 되었다. 그리 높지 않은 등수에 놀라 첫 시험을 정말 열심히 준비했다. 도서관과 독서실을 오가며 새벽까지 책을 씹어 먹듯 공부했다. 그 결과 상위권에 진입했고, 그렇게 3년 동안 좋은 성적을 유지하며 졸업했다. 하지만 성적이 전부가 아니었다. 원하는 대기업에 취업하기란 쉽지 않았다. 여러 번 면접에서 떨어지면서 좌절을 맛보았다. 그러다가 한 중소기업에 취업했다. 하지만 첫 직장의 기쁨도 잠시, 함께 입사한 동기들과 사내에서 했던 단체 활동이 원인이 되어 전원 퇴사를 권고받았다.

'짤렸다고? 취업한 지 3개월 만에? 이제 어떡하지?'

현장에서 일하던 이모님들이 울고 있는 내가 딸 같아 보여 안타까웠는지 위로해 주셨다. 열아홉 나이에 겪은 막막하고도 감당하기 힘든 첫 경험이었지만, 있는 그대로 받아들이기 시작하자 한편으로는 차라리 잘되었다는 생각이 들었다.

따스한 햇살 가득한 캠퍼스에서 한 손에 두꺼운 전공서를 들고 귀에 이어폰을 끼고서 음악을 들으며 거니는 모습을 상상하며 그곳에 내가 있기를 간절히 바라기 시작했다. 이 일을 계기로 다시 대학 진학을 상의하려고 아버지에게 전화를 드렸다. '이번에도 뜻대로 안 되면 어떡하지?'라는 걱정을 누르며 조심스레 말씀드렸다.

"아빠, 대학 입학 등록금만 도와주시면 나머지는 제가 알아서 할게요. 저 대학 보내 주세요."

아버지는 간절해 보이는 막내딸의 부탁에 이번에는 내 편이 되어 주셨다.

"그래, 아빠가 대학 등록금 대 줄게. 열심히 해야 한데이!"

어렵사리 아버지에게 허락받은 나는 스무 살에 대학교 영어학과에 입학했다. 이것이 내 인생에서 영어의 시작이었다. 아버지에게 한 약속을 지키려고 열심히 대학 생활을 했다. 성적 우수생으로 장학금을 받으면서 학비 부담을 줄였고, 교내 어학관리실에서 근로장학생으로 근무하면서 용돈을 벌어 썼다.

지금에서야 고백하지만, 대학 진학을 허락받은 후 얼마 지나지 않아 퇴사한 회사의 인사과에서 전화가 왔다.

"○○○○○회사 인사과 과장입니다. 몇 명만 퇴사를 진행하기가 곤란해서 전원 퇴사를 권고했지만 심은경 씨는 퇴사 대상이 아니었습니다. 재입사 가능하겠어요?"

나는 당당하게 대답했다.

"아니요! 저 대학 가요!"

시원하게 거절하고 전화를 끊었다. 마음속으로는 '퇴사시켜 주셔서 감사합니다! 덕분에 저 대학 가요!'를 외치고 있었다.

한동안 캘리그래피를 배울 때 이 글귀가 참 마음에 들었다.

"세상의 어떤 꽃도 흔들림 없이 피는 꽃은 없다."

비바람을 맞고, 추위를 견디고, 비를 맞으며, 뜨거운 태양을 견디고, 오랜 시간 외로움을 견디며 꽃을 피우듯이 세상 누구도 아파 보지 않고 성장한 사람은 없을 것이다. 꼭 나에게 건네는 말 같아서 공감이 가는 글귀였다.

많은 사람이 풍족하고 편안한 삶을 꿈꾸며 살아간다. 나 역시 그렇다. 학창 시절에 부족함이라고는 없는 풍족한 친구를 볼 때면 마냥 부러웠고, 나 또한 그런 생활을 하고 싶었다. 원하는 것을 얻기 위해서는 더 많이 노력해야 했다. 남들보다 더 많은 시간을 투자하고, 더 힘든 일을 맡아 했다. 그 과정이 쉽지만은 않았다. 너무 힘들어서 포기하고 싶은 순간도 있었지만, 부족함에서 오는 갈급함이 나를 계속해서 앞으로 나아가게 만들었다. 그 부족함을 채우기 위해 더 열심히 노력했고, 지금까지 달려왔다.

그로 인해 얻은 경험으로 지금의 내가 되었다.

　생각해 보면 부족함이 반드시 나쁜 것은 아니다. 사람은 배고파야 먹을 것을 찾고, 부족함을 느껴야 채워야 할 것이 보인다. 오히려 부족함은 나를 더 성장하게 하는 동력이 되었고, 더 높은 곳으로 이끌어 주었다. 수시로 다가오는 어려움이 결국 더 나은 사람으로 만들어 주었다. 오늘도 부족함을 채우며 살아간다.

part 2.

나는
시작하는 사람

이까짓 거! 시작이 반이다

모든 것이 완벽하게 준비되지 않아도 괜찮다.
지금부터 시작해도 괜찮다.

"여보, 일어나봐! 임신테스트기에 두 줄이 생겼어. 나 임신한 것 같아."

결혼 후 신혼 생활을 여유롭게 즐길 틈도 없이 찾아온 첫아이. 모든 것이 처음이어서 신기할 뿐이었다. 하지만 임신의 기쁨도 잠시였다.

당시 다니던 직장에서는 임산부가 일하는 것에 대해 그다지 호의적이지 않았다. 배려받아야 하는 상황이 종종 생기면서 서로 불편함을 감수해야 하는 일이 많아졌다. 한두 달이 지나자 눈치를 보니 차라리 그만두는 것이 낫겠다는 생각이 들었다. 더구나 남들보다 입덧이 심해서 다른 선택지가 없었다. 임신과 거의 동시에 직장을 그만두고 두 아이의 엄마이자 전업주부가 되었다. 그때부터 둘째가 돌이 될 때까지 3년 정도 집에서 육아에만 전념했다.전업주부로 살면서 내린 결론은 단 하나였다.

"아, 내 체질에 진짜 안 맞다!"

이유를 생각해 보니 나를 인정해 주는 사람이 없기 때문이었다. 육아와 집안일은 해도 해도 끝이 없었다. 아무리 애를 써도 노력한 티가 나지 않았고, 엄마가 자식을 키우는 것은 당연한 일이라는 사회적 인식으로 인해 누구에게도 인정받지 못했다. 심지어 남편마저 살림과 육아의 고충을 이해하지 못하는 것 같은 마음이 들면서 내 삶에 '나'라는 존재가 사라진 것 같았다. 결혼과 동시에 육아에 전념하면서 모든 생활이 아이와 남편 중심으로 바뀌었다. 눈에 띄는 성과가 없고 인정받지도 못하는 이 일을 해내는 엄마들은 정말 대단한 사람들이라고 생각한다. 이들은 누구보다 인정받고 우대받아야 마땅하다. 특히 저출산율 1위인 우리나라에서는 더더욱 그렇다. 후손이 줄어들어 나라의 미래가 위태로운 지금, 엄마들은 국가에서 가장 우대받아야 할 대상이 아닐까?

사람은 눈에 보이는 일을 통해 성과를 내야 성취감도 느끼고 인정도 받으며, 또 다른 일에 대한 의욕도 생긴다. 하지만 전업주부로서의 삶은 그런 성취감을 채워 주지 못했다. 의욕을 잃어 가던 중 우연히 서점에서 김미경 작가의 『꿈이 있는 아내는 늙지 않는다』라는 책이 눈에 띄었다. 제목이 마치 내 생황에 꼭 맞는 것 같아 마음에 더 깊이 와닿았다. 책을 사서는 앉은 자리에서 단숨에 읽어 내려갔고, 가슴이 뛰고 숨통이 트이는 듯한 느낌이 들었다. 그날 바로 일자리를 알아보기 시작했다. 두 아이에게 책을 읽어 주거나 아는 것을 가르칠 때 큰 기쁨을 느끼는 만큼 아이들을 가르치는 일이 적성에 맞을 것 같았다. 그래서 방문교사 쪽으로 일을 알아보고 면접을 봤다. 그렇게 꿈을 가진 워킹맘으로서 삶을 시작하게 되었다.

처음에는 어린이집이나 가정에 방문해서 책을 읽어 주고 독후 활동을 진행하는 수업을 맡았다. 그러던 중 내가 영어 전공자라는 것을 알게 된 대표님이 영어 방문교사로 영역을 넓혀 주셨다. 영어로 아이들을 가르치니 열정이 넘쳐 났다.

워킹맘으로서의 첫 시작은 완벽하게 준비된 상태에서 시작했다기보다는 의욕이 앞선 행동이었다. 그래서 부족함을 채우기 위해 매일 저녁 육아를 마치고 밤을 새우며 공부하고 수업 자료를 준비했다. '어떻게 하면 아이들이 재미있게 학습할 수 있을까?'를 항상 고민하며 준비했다. '어린아이들인데 뭘 그렇게까지…'라고 생각할 수도 있다. 하지만 아이들이라 오히려 더 잘 안다. 이 선생님이 얼마나 준비하고 애정을 담아 수업하는지를. 원래 가르치는 사람이 가장 많이 공부하고, 가르치면서 배우는 법이다. 그렇게 석 달 정도 지나니 어느새 실력도 마음도 단단해진 괜찮은 선생님이 되었다.

"선생님, 우리 지원이가 선생님 수업하는 날만 기다려요."

"전에는 영어 안 하겠다고 하던 아이가 선생님이랑 수업하고 나서는 영어가 제일 재미있다고 해요. 흥미 붙여 주셔서 정말 감사해요."

"다른 수업은 안 하려고 해도 선생님 영어 수업은 무슨 일이 있어도 꼭 듣겠다고 해요."

"얼마 전에 우리 애가 차 타고 가면서 간판에 있는 영어를 읽더라고요! 깜짝 놀랐어요. 선생님 수업을 너무 재미있어해요. 정말 감사해요, 선생님."

이런 소감을 학부모들로부터 들을 때면 소름이 돋을 만큼 기분이 좋아진다. 아이들이 내 수업을 즐거워하고 좋아해 주니 가르치는 일에 더 매력을 느끼게 되고, 적성에 맞는 일을 찾았다는 확신이 들었다. 일을 시작하면서 활기를 되찾았고, 매일 일하러 오가는 길에 콧노래를 불렀다. 일을 마치고 돌아오는 길에는 공원에 잠시 앉아 캔 커피를 마시며 10분 정도 쉬어 가는 시간을 가졌다.

그 시간이 그렇게 꿀맛 같았다. 그 순간 느끼는 육아로부터의 해방감에 덩실덩실 춤이라도 출 기세였다. 일을 시작한 후 능력을 인정받는 것과 해냈다는 성취감은 내가 살아 있음을 느끼게 해 주었다. '일을 시작하길 정말 잘했어!'라는 생각은 워킹맘으로서의 고충을 잊게 해 주기에 충분했다. 만약 육아만 하고 일을 시작하지 않았더라면 이 감정을 몰랐을 것이다.

'시간은 흐른다. 흐르는 그 시간으로 채워진 나의 내공은 고스란히 내 안에 자리 잡고 존재한다.'

이 불변의 법칙은 내게 늘 자극이 되었고, 어려운 일이 닥칠 때 해결책이 되어 주었다. 신이 인간에게 준 가장 공평한 것은 누구에게나 똑같이 주어진 시간이다. 그리고 시간은 예외 없이 흘러간다. 내 경험상 일단 저지르고 나면 수습할 힘이 생기고, 어느새 죽이 되든 밥이 되든 끝이나 있었다. 처음 시작하기로 마음먹기가 어려울 뿐, 그 과정을 해내고 나면 눈에 띄게 성장한 나 자신을 발견할 수 있었다. 모든 것이 완벽하게 준비되지 않아도 괜찮다. 그때부터 시작해도 괜찮다. 그냥 한번 저질러 보자! 일단 저지르면, 배우고 열심히 해 나가게 된다. 그렇게 스스로 해 나갈 힘이 생긴다. 이까짓 것, 시작이 반이다!

저는 영어 파견강사입니다

성실은 단 한 번의 노력으로 이뤄지는 것이 아니다.
마치 새의 날갯짓처럼 매일 반복되는
작은 행동이 쌓여 우리 삶을 이끌어 간다.

"엄마, 몇 시에 데리러 올 거야?"

어린이집으로 들어가기 전에 큰아이가 내 옷소매를 만지작거리며 물었다. 어린이집에 가는 날이면 하루도 빠지지 않고 이렇게 물어보곤 했다.

방문교사 일은 학교나 어린이집이 마친 후에 수업이 시작되기 때문에 매일 퇴근이 늦었다. 양가 어르신들은 시골에 계셔서 도움을 요청할 수 없었고, 그러다 보니 우리 아이들은 어린이집과 유치원에서 항상 가장 늦게 하원했다. 일을 해도 마음이 편하지 않았고, 늘 시간에 쫓기는 기분이었다. 딸이 몇 시에 데리러 올 거냐고 물을 때마다 미안함과 안쓰러움이 교차했다. 하지만 그런 마음에 흔들려서 내 일을 그만두고 싶지는 않았다. 고민 끝에 낮에 할 수 있는 일자리를 알아보기 시작했다. 여러 직종 중에서 영어 파견강사 구직 형태를 보니, 어린이집 수업 시간대에 일할 수 있는 조건이었다. 바로 지원서를 넣었고, 다음 날 면접을 보았다. 면접은 순조롭게 진행되었고, 다행히 일할 기회를 얻었다.

"선생님, 지금 대학 입시 공부하세요?"

교육 중에 앞에 앉아 있던 선생님 한 분이 말을 건넸

다. 팀장님이 교육해 주는 수업 진행 방식과 흐름을 노트에 빼곡히 적고 있던 나를 보며 한 말이었다. 요즘은 패드로 연결해서 영상을 활용한 수업을 많이 하지만, 당시에는 직접 만든 캐릭터 교구로 아이들의 시선을 집중시키며 즐겁게 수업을 했다. ABC 알파벳 송, 헬로우 송, 날씨 송 등 수업 중 진행할 율동도 녹화해서 수없이 반복하며 몸에 익혔다.

이렇게 열심히 했지만, 신입인 내가 좋은 유치원을 배정받기는 어려웠다. 교육 분야 경력이라고는 방문교사 경험뿐이었고, 내세울 만한 유학 경력도 없었기 때문이다. 신입 동기 중에서 실력 좋은 유학파 선생님들이 좋은 유치원으로 배정받는 모습을 보니 한편으로는 부러운 마음이 들었다.

"영어 선생님이세요? 선생님은 언제까지 일하실 거예요? 잘할 수 있으세요?"

아이들에게 보여 줄 수업 교구가 한가득 든 큰 가방을 메고 배정받은 어린이집으로 출근한 첫날, 7세 반 주임 선생님이 뾰로통한 목소리로 던진 첫마디였다. 기분이 묘했다. 뭔가 화가 잔뜩 나 있는 거 같았고, 수업하는 내내 뒤에서 기분 나쁘게 평가하는 듯한 시선이 느껴졌다. 그날 사무실에 돌아가 배정받은 어린이집에 대해 솔직히 말해 달라고 요청했다. 그리고 이전에 담당했던 선생님이 출결이 좋지 않고 수업도 제대로 하지 않아 어린이집에서 교체해 달라고 요구했다는 사실을 알게 되었다. 내가 잘하면 인정받고, 못하면 그냥 교체될 상황이었다. 자초지종을 듣고나니 처음에는 기분이 썩 좋지 않았다. 하지만 다시 생각해 보니, 여기서 조금만 더 잘해서 인정받으면 되겠다는 생각이 들었다. 그러면서 어린이집 주임 선생님이 왜 그런 태도로 나를 대했는지 이해되기 시작했다.

그때부터 정신을 차리고, 배정받은 것에 감사하며 더 열심히 수업 준비를 했다. 수업 내용을 하나하나 다 짜서 매일 남편과 우리 아이들 앞에서 시연했다. 한두 달 동안 어린이집 선생님들은 수업 때마다 얼마나 잘하는지 보자는 시선으로 나를 평가하며 지켜봤다. 수업 시간 내내 따가운 시선 속에서도 아이들과 함께 즐겁게 공부했고, 나는 내가 원하던 일을 하고 있다는 사실에 행복했다. 영어로 쫑알쫑알 말하며 즐거워하는 아이들을 보면 보람이 느껴졌고, 내 수업을 좋아하고 기다려 주는 아이들을 보면 고마운 마음이 들었다. 시간 가는 줄 모르고 정신없이 수업하던 어느 날, 주임 선생님이 커피 한 잔을 건넸다.

"선생님, 한숨 돌리고 하세요."

그때부터 나를 대하는 태도와 눈빛이 달라진 것을 느꼈다. 드디어 나의 성실함을 인정받은 것이다. 처음 배정받은 어린이집의 상황이 좋지 않아 눈총을 받으며 시작했지만, 그것을 기회로 만들었다. 어린이집에서 원하는 방향에 맞추기 위해 시간과 열정을 쏟으며, 맡은 일을 열심히 해서 인정받았다. 무엇이든 한 번에 이루어지지 않는다. 성실하게 배우고 생각하고 행동해 보자. 될 때까지 성실하게 도전해 보자.

새가 하늘을 날아오를 때, 그 비상은 결코 한 번의 날갯짓으로 이루어지지 않는다. 수많은 날갯짓이 반복되며 점점 높이 올라가고, 마침내 구름을 뚫고 광활한 하늘을 가로지른다. 성실함도 그렇다. 성실은 단 한 번의 노력으로 이뤄지는 것이 아니다. 마치 새의 날갯짓처럼, 매일 반복되는 작은 행동이 쌓여 삶을 이끌어 간다. 나는 성실의 힘을 믿는다. 성실함은 화려하지 않다. 때로는 지루하게 느껴질 수도 있고, 한 걸음 내딛는 것이 버겁게 느껴질 때도 있다. 하지만 성실함은 꾸준히 앞으로 나아가게 한다.

날마다 조금씩 쌓이는 노력이 결국에는 큰 성과를 만들

어 낸다. 새가 날갯짓을 멈추지 않는 한 언젠가는 원하는 곳에 도달하듯이, 성실하게 노력하는 사람 역시 목표에 가까워지게 마련이다.

성실함은 나에게 인내를 가르쳐 줬고, 이 작은 성취를 통해 더 큰 도전을 향해 나아가게 했다. 그렇기에 나는 오늘도 작은 날갯짓을 멈추지 않는다. 매일의 성실함이 결국 원하는 곳으로 이끌어 줄 것이라는 확신으로 내 길을 묵묵히 걸어간다. 성실이라는 날갯짓이 내 삶을 높이 날아오르게 할 것임을 믿으며.

기회는 우연히 소리소문없이 온다

기회는 소리소문없이 찾아온다.
삶에서 '이때다!' 싶은 순간이 찾아오면
망설이지 말고 그 기회를 잡는 것이 중요하다.

초등학교 1학년인 큰아이의 첫 학교 발표회 공지문을
받았다. 초등학교 1학년 자녀를 둔 엄마들에게는 첫 시작
인 만큼 잘 준비시켜야 한다는 사명감 같은 것이 존재한
다. 나 또한 예외는 아니었다.

무슨 발표를 하면 좋을까 고민하던 중 큰아이와 자주 읽
던 앤서니 브라운의 『My Dad』라는 원서가 떠올랐다. 이
책은 평소에도 자주 읽어 주고, 잠들기 전에 항상 CD로
음원을 들려주던 책이라 발표회에서 노래로 부르면 좋겠
다는 생각이 들었다. 하지만 내성적인 큰아이가 혼자 발
표하는 것을 부담스러워할 것 같아서 같은 반 친구의 엄
마에게 함께 준비해 보자고 제안했다. 두 아이는 성향은
달랐지만 즐겁게 준비했고, 발표회도 잘 마칠 수 있었다.

며칠 후, 발표회를 함께 준비했던 엄마에게서 전화가
왔다.
"우리 아이들 영어학원을 어디로 보낼지 고민하고 있었
는데, 혹시 수업해 줄 수 있을까요?"

당시 나는 다리를 다친 후 영어 파견강사 일을 정리하
고, 방과 후 영어 강사에 지원하려고 준비하던 중이었다.
잠시 고민에 빠졌지만, 그 제안에 귀가 솔깃해졌다.
일단은 생각해 보겠다고 답한 뒤 곧바로 서점으로 달

려갔다. 나는 고민거리가 생길 때면 서점에 가서 책을 읽으며 답을 찾곤 한다. 그날도 서점에서 김보미 작가의 『1억 버는 공부방의 비밀』이라는 책을 발견하고 읽기 시작했다.

"작은 고민과 선택이 큰 결과를 낳는다. 당장 배우고 응용하고 시도하라."

이 문구가 마음에 크게 와닿았다. 평상시 같으면 그냥 지나쳤을 글귀인데, 그날은 이 글을 보며 '그래! 시작해 보자! 이왕이면 과외 말고 영어 공부방으로 시작해 보자! 나도 1억 벌어보자!'라는 생각이 들었다. 그때부터 가슴이 두근거리고 설레기 시작했다.

다음 날 교육청에 전화해서 공부방 오픈 조건을 확인한 후, 혼자서 공사를 시작했다. 테이블과 의자와 칠판을 구매하고, 페인트칠도 하며 작은 방과 넓은 베란다 구조를 활용해 수업 공간과 미니 도서관을 만들었다. 원서를 많이 비치하고 아파트 이름을 따서 '이편한 영어독서클럽'이라는 영어 공부방을 열었다. 감사하게도 발표회 준비를 함께 했던 큰아이의 친구 엄마는 나를 믿고 두 남매를 등록해 주었다. 내가 시작한 교육업의 첫 고객이었다.

작은 공부방이었지만, 아이들과 함께 영어 원서를 읽고 다양한 독후 활동을 하며 영어를 즐겁게 익힐 수 있도록 여러 가지 방법을 동원해 수업을 진행했다. 영어 학습은 책을 통해 학습하는 것이 가장 효율적이라고 생각했기에 원서 기반의 공부방을 시작했다. 책 속에서 단어와 문맥을 이해하고, 대화체 느낌을 아는 것이 중요하다고 생각했다. 영어책을 읽은 후 나만의 영어책 만들기, 노래로 익히기, 책 내용 암송 대회, 스펠링 비 대회, 게임 등 다양한 활동을 통해 아이들이 영어에 흥미를 느낄 수 있도록 이끌었다.

가장 기억에 남는 활동은 한여름에 아이들과 함께 아이스크림을 하나씩 입에 물고 동네를 돌면서 영어 지도를 만든 일이다. 다 같이 걷고 또 걸으면서 간판과 위치를 영어로 바꾸어 지도를 그렸다. 가장 멋진 지도를 만든 팀에게는 시상도 했다. 이 수업을 하면서 아이들이 스스로 참여할 때 더 즐겁고 깊이 있는 학습이 가능하다는 것을 알게 되었다.

차츰 소문이 나면서 수업 상담이 늘어나고, 입회 대기자까지 생기기 시작했다. 한번은 단체로 학부모 다섯 명이 찾아왔다. 한 동네에 몇 가정이 모여 사는데 공동 공간을 활용할 수 있으니 수업을 맡아 달라고 했다. 너무도 감사한 일상이었다.

영어 공부방을 운영하면서 열정을 쏟고 노력한 만큼 결실을 얻게 되자 자존감도 많이 높아졌다. 소소한 일상이 아이들과 함께하는 시간으로 바뀌면서 나 또한 성장하는 시간을 보냈다. 이 경험을 통해 작은 기회가 큰 결실로 이어질 수 있음을 깨달았다. 다리를 다쳐 일을 쉬던 중 큰아이 학교 발표회를 통해 예상치 못한 기회가 찾아왔고, 그 순간을 놓치지 않고 실행에 옮긴 것이 내 인생의 큰 전환점이 되었다.

손웅정 작가의 책 『모든 것은 기본에서 시작한다』에 나오는 기회의 신 카이로스 이야기가 생각난다.

"이탈리아 북부 토리노 박물관에는 기이하게 생긴 조각상이 하나 있다. 앞머리는 무성한데 뒤통수에는 머리카락이 없고, 어깨와 양발에는 날개가 달린 벌거벗은 남성의 조각상. 바로 기회의 신 카이로스의 형상이다. 조각상이 그런 모습을 하고 있는 이유에 대해서는 이렇게 설명한다. '앞머리가 무성한 이유는 내가 누구인지 금방 알아차리지 못하게 함이고, 또 발견했을 때 쉽게 잡아챌 수 있게 함이

다. 뒷머리가 민머리인 이유는 한번 놓치고 지나가면 다시 잡기 어렵게 하기 위함이며, 어깨와 발에 날개가 달린 이유는 최대한 빨리 사라지기 위함이다.'

카이로스의 형상은 인생에서 찾아오는 기회와 타이밍에 대해 생각하게 한다. 나에게도 그랬다. 기회는 늘 조용하고 수줍게 찾아왔다 날쌘 토끼처럼 순식간에 도망갔다.

삶은 몇 번의 기회를 준다. 무심하게, 혹은 선물처럼. 그 기회를 잡는 자와 흘려보내는 자가 있을 뿐이다."

작년에 중학교 입학을 앞둔 아이들을 응원하기 위해 한 명 한 명에게 편지를 쓰고 이 책을 선물해 주었다. 책 내용 중 이 부분을 함께 읽어 보았다. 내가 그랬듯이 준비하는 자가 기회를 맞이했을 때 그 순간을 기회인 줄 알고 잘 잡아채길 바라는 마음으로 의미 있는 시간을 만들어 주고 싶었다.

"앞으로 빛날 너희들의 미래를 온 마음 담아 응원해!"라는 메시지를 담아서.

삶에서 '이때다!' 싶은 순간이 찾아오면 망설이지 말고 그 기회를 잡는 것이 중요하다. 시간이 지나 후회하지 않도록 기회를 알아차렸을 때 빠르게 행동하는 것이 답이다.

한 걸음 더 나아가 보자

경험에서 얻은 내공은 어려운 일에 직면하면
그 힘이 몇 배 더 강해진다.
다음을 준비할 때 견딜 수 있는 무궁한 힘을 준다.

처음 시작은 즐겁게!

모든 일이 그렇지만, 특히 영어라는 언어는 더더욱 그러하기를 바라는 마음으로 시작했다. 그래서 공부방에서 아이들과 수업할 때는 말 그대로 영어로 놀 듯이 수업했다.

비록 대한민국에서 영어를 배우는 환경이 언어적으로 충분하지 않지만, 그 부족한 부분을 조금이나마 채워 주고 싶었다. 그러다 보니 아이들에게 "제니 선생님, 이렇게 영어를 배우니까 정말 재미있어요"라는 말을 자주 들었다.

이런 말을 들을 때면 보람을 느끼고, 도파민이 솟구치는 것처럼 소름 돋을 정도로 기분이 좋았다. 일을 할 수 있다는 사실에 감사했고, 내가 원하는 대로 만들어져 가는 공부방을 보며 기쁨을 느꼈다. 내가 열정을 쏟아부은 만큼 즐겁게 배우고 스펀지처럼 흡수하며 성장하는 아이들을 보니 신기하고 즐거웠다.

학부모 한 분이 그런 나를 보고 말했다.
"선생님은 정말 열정이 많으세요."
옆에서 이 대화를 듣고 있던 한 학생이 나를 '열정 제니 쌤'이라고 부르기 시작했고, 그때부터 너도나도 아이들이 그렇게 불러 줘서 별명이 되었다. 공부방은 입소문을 타며 점점 더 많은 문의가 들어왔고, 학생 수도 하나둘 늘어났다. 그렇게 2년 정도 공부방을 운영하다 보니, 어느 순간 공간이 좁게 느껴졌다. 게다가 우리 아이들이 자라면서 일터와 집을 분리하고 싶다는 생각이 들었다.

"혹시, 근처에 상가 월세 나온 거 있나요?"
집 근처 부동산을 찾아가는 것으로 바깥으로 나갈 준비를 시작했다. 공부방과 집이 초등학교 앞이라 멀리 알아보진 않았다. 아직 초등학생인 우리 아이들의 동선도 고려해야 했기 때문이다.

"아, 네. 지금 학교 앞에 있는 옷 가게가 하나 나와 있어요."
"그 상가 좀 보여 주세요."
근처에 상가가 많지 않은 편인데 물건이 있다길래 부동산 사장님에게 바로 보여 달라고 했다.

"바닥권리금이 좀 비싼데 괜찮으시겠어요?"
"바닥권리금이 뭐예요?"

사장님은 학교 앞 작은 상가들이 줄지어 있는 건물 사

이에 있는 10평 정도의 옷 가게를 추천해 주었다. 그런데 '바닥권리금'이라는 생소한 단어가 귀에 들어왔다. 상가를 알아보는 것이 처음이라 이런 것이 있다는 사실에 놀랐다.

"네? 바닥권리금이 천만 원이라고요? 시설도 하나 없는데요?"

적지 않은 금액에 깊은 고민에 빠졌다. 그러나 마음은 이미 그곳에서 수업을 하고 있었다. 밖으로 나가 새롭게 시작하고 싶다는 열망이 너무 컸기에, 나조차도 나를 말릴 수 없었다. 결국, 그 권리금을 영어라는 무기로 세상 밖으로 나가는 데 필요한 입장료라 생각하기로 했다. 얻고자 하는 것이 있다면 대가를 치러야 한다는 마음가짐으로 공사비보다 비싼 바닥권리금을 지불하고 새로운 시작을 하게 되었다.

서울, 인천, 대전, 대구, 부산 찍고!
바깥 무대로 나가겠다고 결정하니 마음이 한층 더 바빠졌다. 더 성숙한 선생님이 되고 싶었고, 아이들에게 더 나은 교육을 제공하고 싶었다. 그래서 지역 상관없이 좋은 교육이 있다면 어디든 찾아다녔다. 주말이면 기차에 몸을 신고 조금이라도 더 나은 영어 학습 프로그램을 찾아갔으며, 아이들이 더 큰 성장을 이루게 하는 방법을 배우고자 했다. 그 시간을 통해 끊임없이 고민하고 배우며 교습소의 더 나은 내일을 준비했다.

처음부터 교습소로 시작했더라면 부담스러웠을지도 모르지만, 공부방에서의 경험이 큰 도움이 되었다. 믿고 보내 주는 학부모들의 만족도 덕분에 자신감을 가질 수 있었다. 작은 경험이 다음 걸음을 내딛는 데 든든한 발판이 되어, 새로운 시작을 향해 나아가는 발걸음을 가볍게 해 주었다. 경험은 돈으로 살 수 없는 귀중한 자산이다. 시간은 누구에게나 공평하게 주어지지만, 그 시간을 어떻게 활용하느냐에 따라 내일의 삶이 달라진다. 나 역시 처음에는 대가를 바라지 않고 배우는 자세로 다양한 일에 도전했다.

일하면서 많은 사람을 만났지만, 자신의 시간을 투자해 진심으로 무언가를 배우려는 사람을 만나기는 쉽지 않다. 그런 사람들을 볼 때마다 안타까운 마음이 들었다. 자기 계발을 위해 독서를 하고 좋은 영상을 찾아보는 것도 물론 중요하다. 그러나 직접 몸으로 부딪치고 체험하면서 얻는 경험은 그 이상의 가치를 지닌다. 나도 여러 번 실패를 경험했지만, 그 과정에서 글로는 배울 수 없는 내공을 쌓을 수 있었다. 이러한 경험은 다음 도전에 맞설 큰 힘이 되었다. 그렇게 집에서 벗어나 한 걸음 더 나아가 교습소라는 무대에서 경험을 쌓아 가게 되었다.

어쩌다 어학원을 열다

그날은 마치 때가 된 것처럼 느껴졌다.

"이 자리에 아파트가 들어올 수도 있대요. 얼마 전에도 여기 옆에 있는 땅이 팔렸다고 하더라고요."

수업 중에 급하게 필요한 물건이 있어 바로 옆 문구사에 들렀는데 문구사 사장님과 손님이 나누는 대화가 들렸다. 이후로도 비슷한 소문이 계속 들려왔고, 점점 불안해지기 시작했다. 상가 주인이 나가라고 할 때까지 기다렸다가 움직이면 늦을 것 같으니 미리 대비해야겠다는 생각이 들었다.

그런 생각이 들던 즈음 하루는 반찬을 사서 나오던 길이었다. 마침 반찬 가게 옆에 있는 부동산이 눈에 들어와 슬쩍 들여다보았더니, 후덕한 인상의 사장님이 빙긋 웃으며 차 한잔하고 가라고 손짓했다.

"원장님, 지금 교습소에서 멀지 않은 곳에 새 아파트 들어오는 거 아시죠? 여기 상가는 어때요?"

"네, 괜찮을 거 같은데 상가를 좀 볼 수 있을까요?"

그날은 마치 때가 된 것처럼 느껴졌다. 지금의 1호관 학원 자리를 알아보게 된 날이었다. 당시 교습소 위치에서 걸어가기에는 다소 거리가 있었지만, 새 아파트 상가라는 점이 매력적이었다. 아파트 상가라면 근처에 사는 아이들이 쉽게 올 수 있어 수요가 있을 것 같았고, 학원 차량을 운행하면 도보로 오기 힘든 학생들도 모을 수 있겠다는 생각이 들었다. 고민은 하루면 충분했다.

"그 상가 계약할게요!"

쫓기는 듯한 상황에서 시작된 움직임이었지만, 사실 교습소를 운영하는 동안 더 큰 학원을 꿈꾸고 있었다. 그렇게 나는 서른여덟에 영어학원 원장이 되는 기회를 잡았다.

상가 계약 후, 인테리어 업체를 알아보고 공사를 위해 분주히 움직였다. 맨땅에 헤딩하듯이 시작한 일이었다. 든든한 은행 지원을 등에 업고 있는 돈 없는 돈 끌어모아 오픈해야 하는 상황이라 비용을 최대한 아껴야 했다.

그렇게 내가 움직일 때마다 진땀 빼는 건 우리 남편이었다.

"또 뭐했는데? 또 옮기나?"

물론 상의하려고 말을 꺼냈지만, 남편은 내가 이미 결정했다는 것을 알고 있었다. 내가 확고한 의지를 보일 때는 아무리 말려도 소용이 없다는 걸 누구보다 잘 안다. 경상도 남자다운 퉁명스러운 말투로 뭐라 해도, 뒤에서 열심히 도와주는 든든한 지원군이다.

학원 인테리어는 예상했던 금액보다 1.5배 이상이 들었다. 견적도 생각보다 높았고, 예상치 못한 추가 비용도 만만치 않았다. 그래서 비용을 절감하고자 칸막이 설치와 전기 작업을 제외한 대부분 작업은 남편과 직접 진행했다. 아이들도 책 정리부터 페인트칠까지 함께 도와주었다.

무엇보다 교육청에서 허가받는 일이 쉽지 않았다. 어학원으로 교육청 허가를 받기 위해 많은 것을 배우고 준비한 끝에, 드디어 2019년 2월에 허가를 받았다. 그렇게 두 달간의 준비 끝에 영어 원서 어학원을 오픈했다. 감사하게도 교습소에 다니던 아이들 모두 함께 수업할 수 있도록 학부모들이 믿고 학원에 등록해 주었다. 오픈 첫날 아이들과 함께 파티했던 감동을 지금도 잊을 수 없다. 감사와 감동으로 가득한 날이었다.

때로는 의도하지 않은 일이 흘러가야 할 방향으로 흘러가기도 한다. 간절한 마음으로 그곳에 시선을 두고 있으면, 예상치 못한 일도 더 큰 기회로 다가올 수 있다. 내가 교습소에서 이처럼 큰 규모의 학원을 운영하게 될 줄은 당시만 해도 전혀 상상하지 못했다. 계획한 바는 아니었지만, 나의 의식과 흐름이 맞물려 나를 그곳으로 이끌었던 것 같다. 그 길에서 매일의 순간순간을 허투루 보내지 않으려고 노력했기에 가능한 일이었다.

　내가 어쩌다 어학원을 시작하게 된 것처럼, 당신도 어쩌다 이루게 될 일이 반드시 있을 것이다.

　"시선을 그곳에 두고 간절하게 생각해 보자!"

책방이란 거 해 보지 뭐!

책방 운영하기를 진짜 잘했다.
이렇게 같은 것을 좋아하는 마음을
어디서 나눌 수 있겠어!

'저 많은 책을 어떡하지? 집으로 들고 들어가기에는 너무 많은데.'

작은 영어도서관을 정리하면서도 책이 주는 공간의 매력에서 쉽게 벗어나지 못했다.

사방이 책으로 둘러싸인 나만의 공간을 갖고 싶었다. 내가 좋아하는 것들, 사람들에게 보여 주고 싶은 것을 다 모아 두고 비슷한 취향을 가진 사람들과 만나고 싶었다. 책을 통해 다양한 생각을 공유하고 공감하고 싶었다.

'당신의 마음은 안녕한가요? 오늘도 그림책 해요!'라는 안부가 담긴 책방 공간은 나를 표현하는 공간이나 다름없다. 특히 글과 그림이 조화를 이루는 그림책은 다양한 해석이 가능한 예술 작품이라고 생각한다. 그림책이 주는 깊은 울림과 감동과 재미에 매력을 느껴 '안녕그림책방'이라는 이름으로 책방 문을 열게 되었다.

물 박물관인 강정보로 가는 길목에 있는 상가를 알아보던 중 한 건물 옥상에 있는 공간을 소개받았다. 건축사무소에서 휴식 공간으로 사용하던 장소였는데, 그곳을 보자마자 중앙에 자리한 초록 나무 한 그루에 마음이 사로잡혔다. 상상하지 못한 도심 속 옥상 풍경이었다. 책방을 운영하며 쉬기에 완벽한 공간이었다. 얼마 지나지 않아 내

책들은 그곳으로 옮겨졌다.

책방 운영은 본업으로 할 수도 있고, 나처럼 본업과 병행하면서 할 수도 있다. 고객이 언제든 방문할 수 있도록 매일매일 영업해야 한다는 부담을 가질 필요는 없다. 자신의 상황에 맞게 운영 방식을 정하면 된다. 한번은 인스타를 통해 알게 된 고객이 내 운영 방식을 보고는 '왜 그렇게 마음대로 시간 정해 놓고, 고객이 가고 싶은 시간에 가지도 못하는 책방을 운영하세요?'라며 영업의 기본이 안 되었다고 비아냥거렸다. 바로 손절! 나는 설명할 가치조차 느끼지 못했다. 내가 책방을 오래 지속할 수 있는 방법이 이러한 방식이라면, 그게 맞는 것이다. 책방은 큰 수익을 기대하며 운영하기에는 쉽지 않다. 오픈 후 2년 동안 책을 판매했지만, 코로나19 시기와 맞물리며 거의 판매되지 않았다. 그래서 지금은 공간 대여형 책방으로 운영 방식을 바꾸었다. 이렇게 시기에 따라 상황에 따라 나에게 맞는 방식으로 운영하면 된다. 어느 날, 그림책 독서 모임을 하는 여섯 명가량의 손님이 방문했다.

"언젠가 책방을 여는 게 꿈이에요."
손님 중 몇 명이 그런 바람을 가지고 있었다. 책방을 하다 보면, 특히 우리 책방처럼 독특한 책방의 경우 책방을 운영해 보고 싶다는 손님을 많이 만나게 된다. 쉽게 시작할 수 없어 조언을 구하는 경우가 많다. 그날 방문한 손님들도 책방 운영에 대한 경험담을 듣고 싶어 했다. 그래서 한참 이야기를 나누며 나의 경험담과 생각을 나누었다. 손님들이 떠난 후 방명록을 읽는데 가슴이 벅차올랐다.

[방명록]

'매일 이곳에서 살고 싶어요. 좋은 그림책과 멋진 뷰가 있는 곳, 안녕그림책방.'

'아늑한 이 공간에 머물고 싶어요. 책방지기님의 열정을 느낄 수 있었어요. 늘 지켜보고 응원하겠습니다.'

'과정을 즐기는 그림책 아이가 되어 볼게요. 좋은 말씀 감사합니다.'

'새로운 시작이 열리는 공간이었습니다! 그림책을 좋아하고 배우고 싶어 방문했지만 그림책을 넘어 마음의 힐링과 자신감, 배움에 대한 도전을 다시 한번 되새기며 돌아갑니다. 행복한 공간을 만들어 주셔서 감사합니다.'

'안녕그림책방! 너무 반갑고 즐거웠어요. 대구에서 만날 수 있어서 좋았습니다. 오래오래 있어 주세요. 책방지기 쌤, 응원합니다. 좋은 기운 많이 받아 가요.'

'귀한 시간 내주셔서 감사해요! 포근하고 아늑한 공간, 그리고 열정 가득한 책방지기님과의 만남이 오래 기억될 것 같아요. 또 찾아올게요.'

방명록을 읽으며 '나 잘했다. 책방 운영하기를 진짜 잘했다. 이렇게 같은 것을 좋아하는 마음을 어디서 나눌 수 있겠어!'라는 생각이 들었다.

당신도 언젠가 '책방지기'라는 말을 듣고 싶다면, '책방'이라는 공간을 운영하는 것이 도전적인 모험이 될 수 있다. 혹은 쓸데없는 일이 될 수도 있지만, 그래도 누군가가 책을 좋아하는 사람들의 독서 문화 공간이나 지역 사회에 이바지하는 공간, 혹은 동네 사람들의 아지트 역할을 하는 책방을 운영한다면 대한민국 곳곳에 아름다운 책방이 불을 밝혀 줄 것이다. 그것 참 행복한 일이 아닐까? 하지만 먼저 책방지기가 책방을 통해 자기 행복을 발견하면 좋겠다.

나는 단순한 공간의 한계를 넘어, 나와 비슷한 결을 가진 사람들이 깊이 만날 수 있는 장을 만들고 싶었다. 내가 좋아하는 책과 내가 좋아하는 일이 펼쳐지는 곳.

그곳에 내가 있고, 그곳에서 많은 추억을 만들어 가고 있다.

인스타그램, 신세계를 맛보다

내가 좋아하는 것과
관심 있는 것을 꾸준히 올리다 보면
언젠가 일로 연결되어 나만의 콘텐츠가 된다.

책방을 오픈하고 첫 손님을 맞이한 날이었다.

"안녕하세요. 여기 책방 맞나요? 인스타 보고 왔어요."
"네, 맞아요. 어서 오세요."

멀리 경남 사천에서 책방 인스타그램을 보고 찾아온 손님이었다. 인스타 친구라는 말에 괜히 오래도록 알고 지낸 사람처럼 친근하게 느껴져 반가웠다. 그때만 해도 나는 손님맞이에 서툰 초보 책방지기였다. 허둥지둥 맞이한 것 같은데, 그 손님은 오래도록 기억에 남는다. 첫 만남에 생각지도 않게 내 휴대전화 번호가 적힌 차량용 비누 방향제를 주문 제작해 선물로 주었다. 그렇게 인스타그램을 통해 그림책방을 찾아오는 마니아 고객이 생기기 시작했다. 책방이 옥상에 있다 보니 도보로 지나가다가 들리는 고객은 없었다. 대부분 인스타그램에서 보고 방문하는 손님이었다.

책방을 운영하면서 손님과 나누는 소소한 대화가 좋았다. 그림책 필사 모임, 독서 모임, 작가 초청 행사, 출판사 대표의 북토크, 옥탑 영화제 등 다양한 활동을 통해 사람을 만나게 되었다. 해 보고 싶었던 기획을 모두 시도하는 경험을 했고, 그것들을 발판 삼아 새로운 시작을 준비하고 있다.

인스타그램은 처음 영어 공부방을 시작할 무렵에 계정을 열었다. 종종 올리던 공부방과 교습소 관련 피드를 책방 소식으로 전환하면서 책방 계정으로 사용하게 되었는데, 그것이 이렇게 큰 도움이 될 줄은 몰랐다. 첫 손님이 인스타그램을 보고 찾아왔을 때도 신기했지만, 그림책 출판사 대표님과 직접 소통하게 된 것 역시 놀라운 경험이었다. 출판사의 출간물 입고도 가능해지면서 인스타그램을 통한 인맥의 힘을 실감했다. 지역과 연령, 성별을 막론하고 사람들과 가까워질 수 있는 신기한 매개체였다.

작은 책방을 응원해 주는 이들과 출판사 대표님들의 따뜻한 격려, 한 번도 만나 본 적 없는 사람들과의 소통과 공감이 인스타그램을 통해 이루어졌다. 이를 통해 많은 사람을 알게 되었다.

"혹시 인터뷰 가능할까요? 저 기억하시죠? 인스타그램으로 보니 책방지기님이 여러 일을 하고 계시는 거 같아서요."

한번은 인스타그램을 통해 책방을 알게 되어 몇 번 찾

아왔던 분이 연락을 주셨다. 시청 홍보실에서 일하고 있는데, N잡러를 주제로 대구시 공식 블로그에 글을 게재하려고 한다며 인터뷰 가능 여부를 물었다.

"네! 해 주시면 제가 영광이죠!"

인터뷰 당일 아침, 사진 촬영 장비를 가지고 몇 분이 책방을 찾았다. 사전 질문지를 받아서 미리 준비했지만, 이런 경험은 처음이라 설레고 살짝 긴장되었다. 블로그에 게재할 인터뷰 제목은 'Vol.25 대구의 프로 N잡러들 - 꿈꾸는 책방지기 심은경 님'이었다. 나의 꿈과 지금 하는 일에 관한 이야기 그리고 책방 공간에 대해 조명해 주었다.

[인터뷰]
Q: 어떤 일들로 분주한 하루를 보내시나요?

A: 어학원 두 곳을 운영하고 있어요. 문화센터에서 영어독서지도사와 초등 방과 후 영어지도사로 강의를 하고, 예비문화도시 활동에도 참여하고 있습니다. 몇 해 전부터는 '안녕 그림책방'을 운영하고 있어요. 이곳에서 많은 시민이 문화적 공감대를 형성하고 함께 문화를 즐길 수 있기를 꿈꾼답니다.

Q: '안녕그림책방'은 어떤 공간인가요?

A: '안녕'이라는 말을 좋아해서 '안녕그림책방'이라고 이름을 지었어요. 처음 만날 때, 안부 물을 때, 헤어질 때의 감정을 다 담고 있는 말이잖아요. 마음이 흔들릴 때 잠시 쉬어갈 수 있는 공간이 되었으면 해요. 서로의 생각을 공유하고 다양함을 인정하며, 책으로 소통하고 인생을 그리는 그런 공간이요.

Q: 심은경 님의 목표와 꿈이 궁금해요.

A: 제 목표는 '안녕그림책방'을 복합문화공간으로 성장시켜 우리 동네의 문화 메카로 만드는 거예요. 꿈은 '마더구스' 같은 이야기 할머니가 되는 거고요. 나무 위에 집을 짓고, 숲속 책방을 꾸며 그 안에서 살아가고 싶답니다.

인스타그램 덕분에 대구시 공식 블로그에 인터뷰 기사가 게재되는 기회를 얻어 책방을 홍보할 행운을 얻었다. 내가 인스타그램을 하고 있지 않았다면 해 볼 수 없었던 특별한 경험이었다.

책방 지원사업에 자료를 제출할 때도 인스타그램 계정을 적는 칸이 있다. 나를 드러내는 가장 좋은 수단이자 증빙서류다. 그만큼 홍보 효과 또한 크다는 걸 그 인터뷰를 통해 실감하게 되었다.

　이미 많은 사람이 잘 활용하고 있겠지만, 아직 인스타
그램을 활용하고 있지 않다면 마케팅을 위해 꼭 준비하면
좋을 거 같다. 아직 뚜렷한 콘텐츠가 없더라도 내가 좋아
하는 것과 관심 있는 것을 꾸준히 올리다 보면 언젠가 일
로 연결되어 나만의 콘텐츠가 된다. 미리 준비해 두자. 언
제 어디서 기회가 올지 모른다.

그림책에 꿈을 담다

내가 만족하는 삶이면
그것으로 행복함을 느끼고 꿈을 이룬 것이다.
당신의 꿈은 무엇인가?

일상이 너무 바쁜 2호관 영어학원 확장 이전 시기에 1·2호관을 오가며 일하다 보니 '일만 하다가 어떻게 되는 거 아니야?'라는 생각이 들 정도로 육체적·정신적으로 지쳐 갔다. 과장된 표현이 아니라, 일로 인한 육체적 피로와 나를 위한 시간의 절대적 부족에서 오는 공허함이 가득했다. 그러던 중 우연히 인스타그램 피드에서 그림책 만들기 수업을 보게 되었다. '나도 그림을 그릴 수 있을까? 글을 쓸 수 있을까?'라는 의구심이 들었지만, 어느새 나의 발걸음은 자연스럽게 그림책방으로 향하고 있었다. 집에서 조금 멀었지만 오가는 내내 발걸음이 가볍고 마음이 설렜다.

그렇게 시작된 그림책 만들기 수업은 과정을 마칠 때까지 나의 내면을 채워 주는 힐링 시간이 되었고, 수업 내내 즐거웠다. 공허한 생활에 비타민이 되어 준 이 수업의 선생님이 정성스럽게 편집과 출간을 도와준 덕분에 나의 그림책을 완성할 수 있었다. 그 결과물로 나온 것이 바로 『작은 돌멩이의 여행(Little Stone's Journey)』이라는 그림책이다. 책의 내용은 꿈을 찾아가는 돌멩이의 여정이다.

소재를 찾던 중 고등학교에 진학한 이후 진로를 고민하

던 딸이 문득 떠올랐다. "엄마, 나는 뭘 잘하는지, 뭘 좋아하는지 모르겠어. 그래서 진로 결정을 못 하겠어"라고 말하던 딸의 모습이 생각나 주인공 돌멩이의 여정을 그리기 시작했다. 그런데 그림을 그리고 글을 쓰다 보니, 그 주인공은 사실 딸이 아니라 어린 시절의 '나'였음을 깨달았다. 돌멩이는 처음에 자신이 무엇을 잘하는지, 무엇을 좋아하는지 몰라 무작정 꿈을 찾기 위해 여행을 떠난다. 경험과 도전을 통해 실패를 겪으면서도 멈추지 않고 나아가, 마지막에는 자신이 원하는 기쁨을 찾는다. 이 돌멩이의 여행은 나의 이야기였고, 동시에 꿈을 찾아가는 누군가의 이야기가 되기를 바라며 책을 출간했다.

책을 출간한 후에는 그림책방에서 지역 작가로 출간 활동을 지원받아 출간 기념 가족 행사를 진행하게 되었다. 다양한 활동을 기획하고 준비했는데, 그중 하나는 참가자들이 자신의 꿈을 롤링페이퍼에 적고, 반려 돌멩이를 그려 꿈을 담는 작은 병에 넣는 활동이었다. 행사를 진행하는데, 한 부녀의 대화가 들려왔다.

"아빠는 꿈이 없잖아."
"아니야. 아빠도 꿈이 있어!"

그들의 대화를 들으면서 한참 전에 본 예능 프로그램에서 가수 박진영 씨가 했던 말이 떠올랐다. 그는 "꿈이란 이루어지면 허무하고, 안 이루어지면 슬픈 것이 아니라, 무언가를 위해 살고 싶다는 마음 자체가 꿈"이라고 했다. 그러면서 "위치가 아니라 가치를 찾아가는 과정"이라고 설명했다.

아이든 어른이든 우리는 꿈을 안고 살아간다. 꿈과 직업은 다르다. 꿈은 나의 가치관이 행복함을 느끼는 것을 실현하는 것이고, 직업은 그것을 도와주는 역할을 하는 도구에 불과하다. 내가 만족하는 삶이면 그것으로 행복함을 느끼고 꿈을 이룬 것이다.

그림책 출간 활동 행사 후 대학생 독자가 수줍게 다가와 말했다.

"작가님 책 내용에 감동받았어요. 너무 좋아요. 오늘 이런 자리를 마련해 주셔서 정말 감사합니다."

이 말을 듣고 온몸에 짜릿한 전율을 느꼈다. 처음으로 지인이 아닌 독자가 내 책을 보고 전해 준 진심이 느껴지는 소감이었기 때문이다.

그림책 속 작은 돌멩이는 자신의 가치를 찾기 위해 전국을 돌아다니며 여러 바위를 만난다. 자신이 빛날 수 있는 곳을 찾기 위해 끊임없이 여행을 떠난다. 그리고 결국 자신을 필요로 하는 바위를 만나게 된다. 그 바위는 돌멩이가 필요한 이유를 이야기해 주고, 돌멩이는 그 말을 들으며 자신이 얼마나 소중하고 중요한 존재인지 깨닫는다.

돌멩이는 자신이 이 바위의 한 부분으로 쓰이는 것이 얼마나 값진 일인지 느낀다. 자신의 쓰임이 누군가에게 도움이 되고, 그로 인해 만족과 기쁨을 얻을 수 있다는 사실에 행복을 느낀다. 결국 돌멩이는 이것이 자신의 꿈임을 깨닫는다. 자신의 가치와 쓰임을 발견하고, 누군가에게 필요한 존재가 되는 것이야말로 돌멩이가 진정으로 원하던 꿈이었다.

꿈은 나를 찾는 여행입니다.
돌멩이는 자신만의 정체성을 찾고
자신의 존재를 알아 가는 여행을 떠났습니다.
크고 화려하지 않아도 자기 자신이 만족한 삶을 찾은
돌멩이의 여행을 쓰고 그렸습니다.
- 『작은 돌멩이의 여행(Little Stone's Journey)』 중에서 -

우리 삶도 그렇다. 각자 자신만의 가치를 찾기 위해 다양한 경험을 하며, 자신을 필요로 하는 곳을 찾으려고 노력한다. 그리고 필요한 존재가 되는 곳에서 기쁨과 만족을 느낄 때, 그것이 바로 우리의 꿈이 될 수 있음을 깨닫게 된다.

그림책을 쓰고 그리는 시간을 통해 힘든 시간을 잘 버틸 수 있었다. 무엇보다 '내가 할 수 있을까?'라는 의구심 속에서 나를 믿고 끝까지 완성해 낸 것에서 큰 성취감을 느꼈다. 이 시간은 오로지 나를 위한 것이며, 나를 뜨겁게 만드는 행위였다.

1인 출판사를 차리다

때로는 무언가를 의도적으로 이루기보다는,
이루고 나서 그 의도를 발견하는 것도
아름다운 여정이 될 수 있다.
중요한 것은 시작하는 용기와
그 과정에서 내딛는 작은 발걸음이다.

"작가님 그림책은 서점 가면 살 수 있나요?"

"그게, 아직….."

그림책을 출간한 후, 주위 사람들에게 어디서 책을 구매할 수 있냐는 질문을 많이 받았다. 동네 서점에 가서 아무리 찾아봐도 없고, 온라인 서점에서도 책이 검색되지 않는다고들 했다. 당연한 일이었다. 내 책은 출판사를 통해 출간한 책이 아니라 독립출판물이었기 때문이다. 정식으로 판매하려면 ISBN(International Standard Book Number), 즉 국제 표준 도서 번호를 받아 국립중앙박물관 도서에 등록해야 한다는 사실을 뒤늦게 알았다. 그런데 그 절차를 밟으려면 출판사를 통해야 한다고 했다. 미처 알아보지 않았던 사실이라 그때부터 방법을 찾기 시작했다. 그리고 직접 1인 출판사를 차리면 가능하다는 것을 알게 되었다.

'내가 차리지 뭐! 1인 출판사.'

이름은 꽤 그럴싸하지만, 사실 등록만 하면 출판사 신고 확인증을 받을 수 있고 출판사 대표가 될 수 있다.

1인 출판사 등록 절차는 다음과 같다.

첫째, 출판사 이름 정하기.
둘째, 담당 구청 방문하기.
셋째, 신청서 작성하기.
넷째, 등록증 찾고 등록면허세 내기.
마지막! 며칠 뒤 등록증 받으러 가기!

이때 주의할 점은 이미 사용 중인 출판사명과 중복되지 않는지 미리 검색해 봐야 한다는 것이다. 나는 내가 운영하는 '안녕그림책방'에서 이름을 따서 '안녕그림책방 출판사'로 정했다. 그렇게 또 하나의 직업, 출판사 대표가 되었다. 처음에는 조금 부담스러웠지만, 뭐든지 시도해 보자는 마음으로 시작했다.

사실 처음부터 내 책을 출판하고 판매할 계획은 없었다. 그저 쓰고 그리는 과정에서 얻는 만족감에 감사할 뿐이었다. 내 책이 완성된 데서 오는 기쁨이 컸기에 출판과 판매에 대한 부분은 나중에 고민하기로 했지만, 막상 알아보니 그렇게 나쁘지 않은 방법이었다. 그렇게 새로운 길이 열렸다. 이제는 나처럼 책을 쓰고 싶어 하는 사람들과 함께할 기회가 생겼다. 이 길이 어디로 이어질지는 아직 알 수 없지만, 분명히 흥미로운 여정이 될 것 같다. 하나하나 배우며 천천히 걸어갈 생각이다.

때로는 무언가를 의도적으로 이루기보다는 이루고 나서 그 의도를 발견하는 것도 삶의 즐거움이다. 중요한 것은 시작하는 용기와 그 과정에서 내딛는 작은 발걸음이다. 그 길 위에서 만나게 될 어려움과 예상치 못한 기회들도 결국은 나를 성장시키는 부분일 뿐, 그 속에서 배우고 성장하는 것이야말로 진정한 의미를 찾는 일이 아닐까.

어렵게 생각하지 말자. 마음이 가는 대로, 될 만한 것들은 다 시도해 보자. 그렇게 길을 찾다 보면 예상치 못한 더 큰 기쁨과 성취가 어느 순간 찾아올지도 모른다.

part 3

처음부터
잘 차려진 밥상은 없다

영어 한마디 못 하던 내가
어학원이라니!

열정은 내가 가진 최고의 능력이었고,
나는 지치지 않고 달렸다.

내 인생에서 영어는 스무 살에 본격적으로 시작되었다. 고등학교 때부터 매일 팝송을 들으면서 영어라는 언어에 매력을 느꼈고, 스무 살 이후부터는 인생을 채워 가는 큰 존재가 되었다.

나보다 세 살 많은 언니는 고등학생 때부터 아르바이트로 돈을 모아 하고 싶은 것을 조금씩 이루어 갔다. 사고 싶은 것도 사고, 배우고 싶은 것도 배웠다. 그중 가장 기억에 남는 건 팝송 테이프와 CD를 사서 집 안 가득 틀어 놓던 모습이다. 당시 유행하던 'Now'라는 팝송 모음집 테이프를 반복해서 듣던 기억이 생생하다. 영어를 전공한 언니는 나에게 큰 영향을 미쳤다. 어릴 때부터 줄곧 언니를 따라다니며 자랐기에 언니가 하는 건 뭐든지 따라 하고 싶었다.

어느 날 언니가 하던 일을 그만두고 워킹홀리데이를 준비해 호주로 유학을 간다고 했다. 형편이 좋지 않았던 집에서는 멀쩡히 하던 일을 그만두고 더 공부하겠다는 맏딸을 못마땅해했다. 하지만 언니는 더 넓은 세상을 보고 싶다며 호주로 갔다. 어디서 그런 용기가 났는지 당시 스무 살이었던 나에게 언니는 우상 같은 존재였다. 언니는 호주에서 자주 집으로 전화를 걸어 그곳 생활을 들려줬다.

다른 문화와 호주 생활에 관한 이야기를 한참 듣다가 전화를 끊으려면 늘 아쉬움이 컸다. 언니는 나도 호주에 오면 좋겠다고 말하곤 했다.

"언니야, 나도 호주 가고 싶다."

언니가 먼저 그곳에 가 있었기에 나도 용기를 내서 호주에 가기로 결심했다. 아버지에게 비행기 티켓 비용을 부탁드렸고, 다행히 지원과 더불어 휴학 후 다녀오는 것을 허락해 주셨다.

"언니 잘 있는지도 보고, 가서 좋은 거 많이 보고 오거라!"

그렇게 스무 살에 생애 첫 비행기를 타고 꿈에 그리던 호주로 떠났다. 언니가 맞이해 줄 거라는 기대에 부풀어 무턱대고 떠났던 나는 예상치 못한 어려움에 부딪혔다. 대학에서 배운 교과서 영어는 실제 상황에서 전혀 통하지 않았다. 말 그대로 책으로만 공부한 티가 그대로 드러나서, 외국인 앞에 서면 머릿속이 하얘졌고 쉬운 질문에도 제대로 대답할 수 없었다. 입국심사관들끼리 '저렇게 영어를 못하는데 이 나라에 와서 뭘 할 수 있을까?'라고 말하는 것만 같았다.

우여곡절 끝에 도착한 호주에서 처음 마주한 청량한 공기를 잊을 수 없다. 호주는 태어나서 처음 가 본 외국이었다. 세계지도를 통해 지구의 모습을 공부하긴 했지만, 실제로 지구가 둥글고 이렇게 넓다는 것을 그때 호주를 가보고 실감했다. 글과 TV에서만 보았던 세계 문화가 현실로 다가오는 순간이었다. 우리나라와는 다른 문화와 환경에 입이 떡 벌어졌다.

멜버른 도심 한가운데서 경찰들이 시민들과 함께 즐겁게 연주하는 모습은 나에게 신선한 충격이었다. 강변을 따라 걷다가 조정 경기용 배가 지나가는 모습을 보고, 그 늘진 나무 아래 벤치에 앉아 햇살이 반짝이는 호수를 바라보며 그 평화를 만끽했다. 이러한 평화로운 공간과 시간 속에서 느끼는 충만함을 기억하고 싶었다.

호주에서 언니와 함께 시도한 스쿠버다이빙 자격증 취득은 우리에게 큰 도전이었다. 수영도 못하는 우리였지만 무모하게 도전했고, 필기시험을 통과한 후 실제 바다에서 산소통을 메고 실습했다. 언니가 조금 더 힘들어했지만, 우리는 포기하지 않고 끝까지 해내 자격증을 땄다. 그 과정에서 외국인들이 동양인을 잘 구별하지 못해 생긴 웃픈 에피소드도 있었다.

그런 에피소드를 나누면서 떨어지는 별을 보던 호주의 밤, 그 시간은 내 인생에서 꿈같은 소중한 기억으로 남아 있다. 언니와 함께 브리즈번, 케언스, 골드코스트, 시드니, 멜버른이라는 광활한 호주에서 보낸 시간은 평생 잊지 못할 행복한 시간이다. 그리고 그 시간은 영어를 더 매력적으로 느끼게 해 주었고, 나의 삶에 큰 변화를 가져다 주었다.

그 당시 나는 영어도 서툴고 모든 것이 어설펐다. 그러나 지금은 어학원 원장으로 인생 제2막을 열심히 살고 있다. 이러한 경험들이 나를 성장시켰고, 나의 영어는 생존형으로 발전해 왔다. 처음부터 잘 차려진 밥상 같은 것은 없었다. 하나씩 하나씩 반찬을 준비해 숟가락과 젓가락을 올려 밥상을 차렸다. 그렇게 나의 영어 인생을 조금씩 채워 가며 발전시켰다. 작은 체구와 열정만이 내가 믿는 전부였지만, 목표를 이루겠다는 포부와 자신에 대한 믿음으로 충분했다. 열정은 내가 가진 최고의 능력이었고, 나는 지치지 않고 달렸다.

스무 살에 시작한 영어가 이제는 나의 삶을 이끄는 큰 힘이 되었다. 누구든지 상대를 평가할 때는 순간의 모습뿐 아니라 그 사람이 어떻게 성장해 왔는지를 봐야 한다.

나 또한 가능성을 채우기 위해 혹독하게 자신을 채찍질하며 수많은 시간을 충실히 살아왔다.

선생님인데 왜 공부해요?

지속적인 변화에 발맞추어 나가고
새로운 흐름에 나를 던지면서
그것을 강의실에서 가르치는 일은 나를 설레게 한다.
이런 경험들이 나를 살아 있게 한다.

영어 공부는 나에게 단순한 일상이 아닌, 계속해서 발전해 나가야 할 과제다. 나는 학생들에게 영어를 가르치면서도 끊임없이 공부를 이어 가고 있다. 아이들에게 "선생님인데 왜 공부하세요? 영어 못해요?"라는 질문을 종종 듣지만, 사실 영어는 지속적으로 공부해야 하는 분야다. 영어를 배우는 과정에서 계속 성장하지 않으면, 결국 제자리에 머물 수밖에 없다. 그리고 나 역시 인간인지라 공부하지 않으면 쉽게 잊어버린다.

얼마 전, 책을 좋아하는 중학교 2학년 여학생이 다른 반에서 내 수업으로 옮겨 왔다. 그 학생은 똑똑하고 성실하며 감수성이 풍부한, 요즘 보기 드문 학생이었다. 하지만 수업 중에 모르는 단어가 나오면 자주 질문했는데, 이런 점이 종종 수업 흐름을 방해하는 것처럼 느껴졌다. 몇번 대답해 주다가 그 학생에게 영어사전을 찾아보고 모르는 단어를 스스로 공부해 보라고 말했다. 누군가에게 답을 바로 듣는 것보다 스스로 찾아보는 것이 장기 기억에 훨씬 더 효과적이기 때문이다. 물고기를 잡아 주는 것보다 물고기 잡는 법을 가르쳐 주어야 한다는 말처럼 나는 그 학생에게 영어사전을 선물해 주었다. 사실 이건 내 취향이 많이 반영된 것이기도 하다. 예전에 형광펜으로 영어사전에 표시하며 단어를 외우던 감수성 충만했던 공부

시절이 떠올랐기 때문이다.

그 학생에게 스무 살이 되어 대학에 입학하는 날 이 사전을 들고 나를 찾아와 주면 좋겠다고 말했다. 작은 선물이지만 영어가 인생에서 의미 있는 일부가 되기를 바랐다. 그리고 그 학생에게 기억에 남는 선생님이 되고 싶었다.

나처럼 가르치는 일을 하는 사람이라면, 자신의 공부뿐 아니라 가르치는 방식도 끊임없이 연구해야 한다. 내가 아는 지식을 그냥 전달하는 것은 의미가 없다. 강의 준비는 안 하고 공부만 해 오는 선생님, 매일 비슷한 수준을 가르치니 책도 안 보고 오는 선생님이 있다. 이런 사람들은 선생님이라고 불릴 자격이 없다고 생각한다.

수업을 잘하는 강사의 수업 영상을 보며 모방하고 연습하는 것은 매우 중요하다. 어떤 분야에서든 모방을 통해 내 것으로 만들고, 그 과정을 통해 성장할 수 있다. 아이들이 쉽게 이해하고 적용할 수 있도록 고민하며 가르치는 것이 가르치는 직업을 가진 사람의 기본자세다. 열심히 강의를 준비하고 자기 발전을 통해 노력하는 선생님만이 학생들에게 실력 있는 선생님으로 남게 된다. 기본이 무너지는 순간, 학원은 유지하기 힘들어진다. 학원을 운영하면서 회의 시간마다 가장 강조하는 부분이다.

지속적인 변화에 발맞추어 나아가고 새로운 흐름에 나를 던지면서 그것을 강의실에서 가르치는 일은 나를 설레게 한다. 이런 경험들이 나를 살아 있게 한다. 학원 운영뿐 아니라 많은 수업을 맡아 가르치면서, 공부와 강의 연습 그리고 학생들과의 소통이 내게 큰 행복을 주고 있다. 학생들이 성장해 가는 모습을 보는 것, 또 새로운 학생들을 만나 영어를 할 기회가 있다는 것 자체가 내게는 최고의 기쁨이다.

완벽하지 않지만 완벽해야 했다

모든 것이 완벽해야 하는 것은 아니다.
경험을 통해 시행착오를 겪으면서
완벽에 가까워질 뿐이다.

요즘 각본 없는 드라마인 야구의 매력에 푹 빠져 있다. 나는 종종 학원 경영을 야구 경기에 비유한다. 각자의 위치를 보면 원장은 감독, 강사는 코치, 학생은 선수다. 어떤 운동 종목이든 감독이 하는 일은 전체를 아울러 보고, 균형을 유지하며, 적절한 지시를 내리는 것이다. 경기를 승리로 이끌기 위해서는 팀워크도 매우 중요하다. 학원이 성장하려면 원장, 강사, 학생이 한마음으로 행동해야 한다.

중소형 학원에서는 업무 분담이 명확하게 이루어지지 않는 경우가 많다. 원장은 경영뿐 아니라 인테리어, 행사, 수업 진행까지 직접 해야 할 때가 많다. 학원 운영은 마치 종합 예술처럼 다양한 역할을 동시에 소화해야 하는 복잡한 작업이다. 사실 내가 원하는 것이 종합 예술인지도 모른다. 학원 문을 열고 들어서면 느껴지는 에너지와 아이들을 만나면서 급상승하는 에너지는 내가 왜 이 일을 계속하는지 상기시켜 준다. 선생님이라는 직업의 매력과 멀티플레이어로서의 삶이 주는 보람이 크기 때문에 이 일을 놓을 수가 없다. 원장이자 강사로서 이 일은 참 매력적이고 보람된 일이다.

원장은 최소 일곱 개 분야의 전문가다. 교육자로서 학

생들에게 지식을 전달하고, 경영 전문가로서 학원을 효율적으로 운영하며, 상담 전문가로서 학생들과 학부모의 고민을 이해하고 해결책을 제시한다. 또한 인사 전문가로서 강사들이 역량을 발휘할 수 있도록 지원하고, 콘텐츠 개발자로서 유용한 학습 자료를 만들어 내며, 작가로서 교육 콘텐츠를 작성하고, 마케팅 전문가로서 학원의 입지를 넓히는 역할을 수행해야 한다.

창업한 자영업자라면 비슷할 것이다. 모든 분야에서 멀티플레이어가 되어야 한다. 내가 물을 준 만큼 식물이 잘 자라고 꽃을 피우듯이 경영이란 것은 참 매력이 있다. 여러 분야의 지식을 스스로 찾아보고 고민하고 경영해 보면 누구든지 성장할 수 있다. 이를 통해 자연스럽게 일머리가 생기고, 자기 능력을 한층 더 발전시킬 수 있다.

처음 1인 공부방을 시작으로 교습소를 거쳐 어학원으로 성장하는 과정이 매 순간 새로운 도전이었다. 그 시간 동안 쌓은 내공은 무엇과도 바꿀 수 없는 소중한 자산이 되었지만, 특히 가장 어려운 부분은 사람을 다루는 일이었다. 학원이 성장하면서 더 많은 사람과의 상호 작용이 필요해졌고, 이에 따라 갈등과 문제도 빈번하게 생겼다.

처음 겪었던 어려움은 나보다 나이가 많고 경력이 오래된 강사와의 관계였다. 이 강사는 다년간의 경험을 바탕으로 학원 운영에 대해 많은 것을 알고 있다고 스스로 생각했으며, 내가 내리는 결정에 자주 간섭하곤 했다.

어느 날 새로운 커리큘럼을 구상하면서 회의하는데, 자기 방식이 옳다며 끝까지 의견을 굽히지 않았다. 학원 전체의 운영 방향을 고려해 결정한 것이라고 설명했지만, 그는 자신의 경험만을 고집했다. 그 순간 나는 학원 원장으로서의 리더십이 도전받고 있다는 것을 느꼈다. 나는 그 강사의 의견을 존중하면서도 학원의 방향을 지키기 위해 결정을 굽히지 않았다. 경험이 많은 강사일수록 존중하되, 학원의 전반적인 운영과 비전은 원장인 내가 주도해야 한다는 것을 다시 한번 확인하게 되었다.

그러나 강사와의 관계에서 리더십만으로는 해결되지 않는 문제들도 있었다. 어느 날 한 강사가 갑작스럽게 '오늘까지 일하고 그만두겠습니다'라는 메시지를 보내고는 다음 날 출근하지 않는 상황이 벌어졌다. 예고 없이 일을 그만둔 강사로 인해 그날의 수업이 비게 되었고, 그 상황을 빠르게 수습해야 했다. 학원은 하나의 팀으로 운영되는 곳이기에, 강사 한 명이 책임감을 잃으면 다른 강사들과 학생들에게도 큰 영향을 미친다. 이 사건을 계기로 강사 채용 시 책임감과 신뢰성을 더 중시하게 되었다.

강사들이 책임감 있게 일하는 것도 중요하지만, 성실함 또한 간과할 수 없다. 또 다른 강사는 항상 바쁘고 열심히 일하는 듯 보였지만, 실제로는 그렇지 않았다. 수업 준비나 학생 관리에 소홀했으며, 문제가 발생하면 변명으로 일관하며 책임을 회피하려 했다. 게다가 개인 사정만을 하소연하며 프로답지 못하게 행동했다. 나는 그 강사와 면담하며 그의 불성실함을 지적했지만, 여전히 자기 행동을 합리화하려 했다. 이 경험은 외적인 모습만으로는 강사의 진정성을 판단할 수 없다는 것을 깨닫게 해 주었다.

마지막으로 기분에 따라 수업 흐름을 좌우하는 강사도 문제였다. 이 강사는 기분이 좋을 때는 수업을 즐겁게 이끌었지만, 그렇지 않을 때는 수업이 엉망이 되곤 했다. 학생들은 강사의 기분에 따라 수업의 질이 달라지는 것을 느꼈고, 이는 학생들의 학습 의욕에 부정적인 영향을 미쳤다. 어느 날 한 학부모가 찾아와 그 강사의 수업 태도에 불만을 제기했다. "우리 아이가 그 선생님의 기분에 따라 수업 분위기가 너무 달라져서 불안해해요." 문제를 해결하기 위해 그와 대화를 나누었지만, 그는 자신의 감정을 통제하기 어렵다고 말하며 별다른 개선 의지를 보이지 않았다. 결국 강사를 교체할 수밖에 없었다. 이 경험은 감정 관리 능력도 강사에게 중요한 자질임을 깨닫게 했다.

운영자라고 모든 것이 완벽해야 하는 것은 아니다. 다양한 상황과 문제를 경험하면서 깨닫고 수정하고 적용해 완벽에 가까워질 뿐이다. 학원은 강사들 개인의 역량만으로 운영되는 곳이 아니라, 원장의 비전과 리더십 아래 하나의 팀으로 움직이는 곳이다. 완벽은 아니더라도 나의 비전과 방향성을 지키면서 강사들과의 관계를 더 성숙하고 건강하게 유지해 나가야 한다. 성공이라는 목표 이전에 그 목표를 향해 나아가는 과정을 즐기고 싶다.

12년 차 영어학원 원장의 교육관

우리 학원은
단순하게 지식을 전달하는 공간이 아니라,
꿈을 향한 성장과 변화를 이끄는 공간이다.

학원을 개원한 지 1년이 되었을 때, 학원이 급성장하던 중 예상치 못한 코로나19 팬데믹이 찾아왔다. 이후 3년 간 마스크를 쓴 채로 아이들과 수업을 이어 갔다. 그렇게 어려운 시기에도 학원은 꾸준히 성장해 개원 후 2년 만에 원생 200명을 돌파했다.

이 과정에서 나의 교육 철학과 신념은 더욱더 확고해 졌다.

우선, 학원의 중심은 원장이라는 신념이다. 원장은 학원의 주축이며, 모든 학습 관리의 중심에 서야 한다. 학생들의 학습 상태는 시기마다 변화하기 마련이고, 그들의 감정 기복도 주의 깊게 살펴야 한다. 또한 학생 간의 관계 문제를 중재해야 할 때도 있다. 세심한 관리 없이는 학생들이 학습에 소홀해지거나 학원 운영이 허술해질 수 있다. 원장이 현장에서 적극적으로 참여하고 이끌어야 학원이 제대로 돌아간다고 믿는다. 그래서 우리 학원은 원장의 부재란 없다.

다음으로, 초등학교 저학년에게는 영어에 대한 흥미를 심어 주는 것이 가장 중요하다고 생각한다. 이 시기의 아이들은 학습보다는 재미와 흥미를 통해 영어를 자연스럽게 받아들여야 한다. 나는 문화센터에서 학원 강사 또는 엄마표 영어를 지도하는 학부모를 대상으로 영어 독서 지도와 파닉스 지도 방법을 연구하고 공유한다. 소그룹 활동과 게임을 통해 영어를 즐겁게 습득하게 하는 것이 나의 교육 철학이다.

또한 영어 원서 학습의 중요성을 강조한다. 우리 학원은 영어 원서를 통해 전반적인 영어 능력을 키우는 전문 학원이다. 영어를 제2 외국어로 배우는 환경에서는 읽기와 듣기가 우선되어야 하며, 이를 통해 말하기와 쓰기 능력이 자연스럽게 향상된다고 믿는다. 꼼꼼하게 책을 읽는 정독 과정을 거쳐 다독으로 이어지게 함으로써 학생들에게 탄탄한 영어 실력을 심어 주고자 한다. 영어 원서만큼 훌륭한 학습 도구는 없다고 확신한다.

원어민과의 소통을 통해 영어를 언어로 받아들이게 하는 것도 중요하다. 영어는 단순한 학습 과목이 아니라 하나의 언어로 받아들여져야 한다. 이를 위해 우리 학원은 원어민 선생님과 함께 다양한 소재를 다루며 영자 신문 수업을 진행하고, 학생들이 자연스럽게 영어로 소통할 수 있는 환경을 제공한다.

이와 더불어, 학생들에게 지속적으로 동기를 부여하는 것도 중요하다. 매월 팝송 데이와 문법 교구 게임 수업을 통해 초등학생들이 영어를 즐겁게 접할 수 있도록 하고, 사시사철 다양한 문화행사를 통해 학습에 대한 흥미를 잃지 않도록 돕고 있다. 초등학교 저학년부터 중·고등학생에 이르기까지 학생들에게 성취감과 동기 부여를 지속적으로 제공하는 것이 학원의 중요한 역할이라고 믿는다. 특히 중학생들은 원서 학습을 통해 내신과 선행 학습을 동시에 준비하고, 각종 대회를 통해 자신감을 키울 수 있도록 지도한다.

나는 학원이 단순히 성적을 올리는 공간을 넘어, 학생들의 꿈과 목표를 함께 나누는 공간이 되어야 한다고 믿고 있다. 그래서 매년 도서관 데이, 성패트릭 데이, 어린이날, 캐나다 데이, 핼러윈 데이, 크리스마스 같은 행사를 통해 학생들에게 영어 학습에 대한 흥미를 높이고 다양한 문화를 체험하게 한다. 한 명이라도 더 영어에 애정을 가지고 언어로 받아들이기를 바라는 마음이다. 행사를 준비하는 일은 쉽지 않지만, 학생들이 즐거워하는 모습을 보면 모든 노력이 보람으로 다가온다.

12년 가까이 영어학원을 경영해 오면서 나의 교육관을

담아 보았다.

지금까지 교육업을 하면서 많은 시행착오가 있었다. 더 좋은 것을 찾고 적용하면서, 또 새로운 것을 도입하면서 더 나은 영어 환경을 만들어 주고자 했다. 그 과정에서 느낀 보람과 성취는 무엇과도 비교할 수 없을 만큼 값지다. 팬데믹과 어려운 상황에서도 학생들과 함께 성장하며, 내가 세운 교육 철학이 얼마나 중요한지를 다시 한번 깨닫게 되었다. 무엇보다 끊임없이 배우고 발전하는 자세를 유지하는 것이 가장 중요하다는 것을 알게 되었다.

나는 학생들에게 자신감, 목표, 성취감을 심어 주는 것이 교육의 핵심이라고 생각한다. 앞으로도 학생들의 미래를 함께 꿈꾸며, 그들이 자신의 가능성을 발견하고 성취할 수 있도록 돕고 싶다. 우리 학원은 단순하게 지식을 전달하는 공간이 아니라, 꿈을 향한 성장과 변화를 이끄는 공간으로써 학생들에게 영어를 가르치는 것 이상의 가치를 전달하고 싶다. 영어를 통해 더 넓은 세상을 바라보고, 더 큰 목표를 설정하며, 그 목표를 달성하기 위해 꾸준히 노력하는 힘을 키워 주고자 한다.

이를 위해 나는 더 창의적이고 의미 있는 교육 프로그

램을 도입하고, 학생들에게 다양한 경험과 도전을 제공할 계획이다. 앞으로도 변함없는 열정으로 학원을 운영하며 함께 성장하고 나아가는 이 여정이 더 의미 있고 아름다울 수 있도록, 항상 처음의 마음가짐으로 교육할 것이다. 학생들이 자신의 가능성을 믿고, 그 가능성을 현실로 만들어 가는 과정에 함께하길 바란다. 그 여정에서 든든한 동반자가 되고 싶다. 이 교육관을 이해하고 신뢰해 주는 학부모들에게 늘 감사하다. 앞으로도 이 신념을 바탕으로 학원을 운영해 나갈 것이다. 성장한 아이들이 언젠가 나를 기억하고 찾아와 주길 바라며 학원 문을 열고 오늘 하루도 시작한다.

왜 영어 원서 학원이에요?

영어 원서 읽기는
단순히 영어 실력을 높여 주는 것을 넘어,
영어를 통해
더 넓은 세상과 소통하는 길을 열어 주었다.

"어? 저 책 뭐지?"

대학에 갓 입학한 새내기 시절, 독해 강의를 듣기 위해 강의실을 찾은 첫날이었다. 한 선배가 창가쪽 자리에 앉아 느긋하게 무언가를 보고 있었다. 은근슬쩍 뒷자리에 앉아서 보니, 영어 원서를 읽고 있었다. 그 모습이 참 멋있어 보였다. 그 선배한테 반했다기보다는 원서를 읽는 모습 자체에 반했다. 선배가 읽고 있던 원서의 제목을 슬쩍 본 후, 곧장 도서관으로 달려가 그 책을 찾아보았다. 그때부터 나도 그렇게 멋있어지고 싶어 원서를 들고 다니기 시작했다. 읽지 않고 들고만 있어도 뿌듯한 기분이 들었다. 그렇게 우연히 시작된 원서 읽기는 내 영어 실력을 눈에 띄게 향상시켜 주었다.

처음에는 영어 원서를 읽는 것이 너무 어려웠다. 낯선 단어가 많았고, 문장 구조도 익숙하지 않았다. 하지만 포기하지 않고 계속 읽어 나가자 점차 영어가 자연스럽게 느껴졌다. 문장 속에서 단어의 의미를 유추하고 맥락을 통해 이해하는 능력이 향상되면서, 전체 내용을 이해할 수 있는 수준에 이를 수 있었다.

영어 원서를 읽으며 가장 크게 느낀 장점은 영어에 대

한 직관이 발달했다는 점이다. 문법적으로 올바른 문장을 만들기 위해 일일이 규칙을 떠올리는 대신, 원서를 통해 익힌 자연스러운 표현을 사용하게 되었다. 또한 다양한 문체와 표현 방식을 접하면서 영어로 생각하고, 영어로 말하는 능력도 크게 발전했다. 책을 읽을 때마다 새로운 표현을 익히게 되었고, 그것이 글쓰기와 말하기에 큰 도움이 되었다.

특히 원서 읽기는 영어 실력을 종합적으로 향상시키는데 매우 효과적이었다. 단순히 읽기 능력뿐 아니라 어휘력, 문법, 독해력, 심지어 발음까지도 발전시킬 수 있었다. 예를 들어, 책을 소리 내어 읽으면서 발음과 억양을 연습할 수 있었고, 이를 통해 영어 말하기 실력도 자연스럽게 향상되었다. 또한 다양한 문학 작품을 통해 영어권 문화와 사고방식을 이해하게 되면서 영어를 더 깊이 있게 배울 수 있었다.

영어 원서 읽기는 영어 학습에 대한 동기 부여를 크게 높여 주었다. 좋아하는 책이나 관심 있는 주제의 원서를 읽다 보면, 영어 공부가 더는 의무가 아닌 즐거운 취미로 바뀌게 된다. 이 과정에서 영어에 대한 흥미가 지속적으로 유지되었고, 학습 효율성도 높아졌다. 좋아하는 작가의 책을 읽고 그 작가의 다른 작품도 자연스럽게 찾아 읽게 되면서 영어 공부가 점점 더 즐거워졌다. 결국, 영어 원서 읽기는 단순히 영어 실력을 높이는 것을 넘어, 영어를 통해 더 넓은 세상과 소통하는 길을 열어 주었다. 원서를 통해 접한 다양한 생각과 문화는 내 시야를 넓혀 주었고, 영어를 배우는 것은 단순한 언어 학습을 넘어 삶의 한 부분이 되었다.

이 경험을 통해 나는 원서 읽기가 영어 학습에 매우 중요한 역할을 한다는 것을 깨달았다. 영어를 자연스럽게 익히고 더 깊이 있게 이해하기 위해서는 꾸준히 원서를 읽는 것이 가장 효과적인 방법이라는 확신을 가지게 되었다. 다양한 원서를 통해 학생들의 실력을 향상시키고, 영어를 통해 더 많은 것을 배우고 경험하게 하고 싶었다. 영어의 꽃은 책 읽기이며, 그 꽃을 피우는 데는 영어 원서 학원이 가장 좋은 길이라고 믿게 되었다. 가끔 수업 중에 학생들에게 이런 이야기를 들려준다.

"그래서 선생님은 그 선배처럼 멋져 보이려고 원서를 읽기 시작했어. 그러다 보니 멋져 보이기도 하고, 영어도 잘하게 되었어. 일거양득이었지. 너도 같이 시작해 보자!"

꾸준함이 답이다

습관은 꾸준함이 답이다.
몸으로 해내고 나면 기적이 된다.
내 안의 기적을 꼭 발견하길 바란다.

학원 원장으로서 다양한 학생을 지도하며 효과적인 영어 학습 방법을 찾는 것은 늘 큰 과제였다. 학생마다 배우는 속도와 스타일이 달라 각각에 맞는 맞춤형 학습법을 제시해야 한다. 결국 개인적으로 다양한 방법을 시도하면서 얻은 경험을 바탕으로 효율적인 영어 학습법을 정리하게 되었다. 내가 직접 시도하고, 학생들에게 권했던 일곱 가지 방법을 소개해 본다. 이 방법들은 각기 다른 측면에서 영어 실력을 향상시키는 데 매우 유용했다.

첫째, 원서 낭독하기의 중요성이다. 처음 학생들에게 원서 읽기를 권할 때는 다소 어려움을 겪을 거라는 우려가 있었다. 하지만 좋아하는 영어 원서를 선택해 매일 일정 분량을 소리 내어 읽어 본 결과, 영어 발음과 억양 그리고 리듬을 자연스럽게 익힐 수 있었다. 영어 문장의 구조를 체득하게 되어 문법적인 감각도 향상되었다. 읽는 과정에서 모르는 단어나 표현을 정리해 두는 습관은 더 효과적이었다. 학생들도 이 방법을 따라 하면서 점차 자신감을 얻었고, 영어에 대한 흥미도 높아졌다.

둘째, 영화와 음원 활용하기다. 경험에 따르면 실제 회화에서 사용되는 자연스러운 표현과 발음을 익히는 데 영화와 음원만큼 좋은 도구는 없다. 처음에는 자막을 보면서 영화를 시청하고, 익숙해지면 자막 없이 영화를 보며 듣기 연습을 했다. 나는 팟캐스트로 듣기 연습을 하거나, 영어 노래를 들으면서 가사를 따라 부르는 것도 시도했다. 이 방법은 학생들에게도 매우 효과적이었다. 학생들이 좋아하는 영화를 반복해서 보게 하고, 가사를 따라 부르게 하니 자연스럽게 듣기와 말하기 실력이 향상되었다.

셋째, 원어민 또는 화상영어를 통해 원어민과 대화하는 것은 실제로 영어를 사용하는 상황에서 실력을 빠르게 향상시키는 데 매우 효과적이다. 나는 원어민과의 대화에서 얻은 발음 교정, 자연스러운 표현 습득, 문화적 이해를 학생들과 공유했다. 학생들에게도 학원에서 원어민 선생님 수업에 참여하도록 권장해 원어민과 정기적으로 대화하는 시간을 가지게 했고, 그 결과 학생들의 영어 실력이 눈에 띄게 향상되었다.

넷째, 영어 단어 및 예문 활용하기도 빼놓을 수 없다. 어휘력은 영어 실력의 기본이다. 단어를 단순히 암기하는 것만으로는 부족하다. 실제 문맥에서 단어를 익히는 것이 중요하다는 것을 깨달은 후 단어장을 만들어 매일 새로운 단어를 외우고, 예문을 통해 그 단어의 정확한 의미와 쓰임새를 파악하게 했다. 실제 대화나 글쓰기에서 그 단어를 사용하게 함으로써 학생들의 어휘력이 크게 향상되었다.

다섯째, 영자 신문 읽기는 시사 영어와 고급 어휘를 익히는 데 매우 유용했다. 최신 뉴스와 정보들을 영어로 접하면서 독해력뿐 아니라 논리적인 사고와 글쓰기 능력도 함께 키울 수 있다. 나는 매일 기사를 하나씩 읽으며 중요한 표현이나 모르는 단어를 정리했고, 이를 통해 독해력이 크게 향상되었다. 학생들에게도 영자 신문을 읽고 중요한 표현을 정리해 자신의 의견을 영어로 써 보게 하니 실력이 눈에 띄게 좋아졌다.

여섯째, 고등 영어 지문 학습은 특히 시험 대비에 효과적이다. 어려운 문장 구조와 복잡한 어휘가 포함된 고등 영어 지문을 매일 한 장씩 읽고 해석하는 습관을 들이니 독해력과 문해력이 크게 향상되었다. 학생들에게도 이 방법을 추천했더니 시험 대비뿐 아니라 전반적인 영어 실력이 크게 향상되었다.

일곱째, 자신만의 학습 루틴 만들기가 가장 중요하다. 꾸준한 학습이 무엇보다 중요하다는 것을 깨달았다. 매일 조금씩이라도 학습하는 루틴을 만들면 학습 효과가 극대화된다. 가끔 챌린지에 도전할 때도 있다. 매일 아침 단어를 외우고, SNS에 공유하고, 원서 낭독을 하는 루틴을 만들어 공유하기도 한다. 이를 학생들에게도 적용해 보니 효과가 좋았다.

처음 습관을 만들 때는 하루 한 시간만 집중하는 것이 좋다. 내가 되고 싶은 모습을 목표로 삼고, 그 목표에 딱 한 시간만 몰두해 보자. 다이어트를 목표로 한다면 원하는 모습을 상상하며 한 시간, 작가가 되고 싶다면 책 출간을 꿈꾸며 한 시간, 창업이 목표라면 성공적인 운영을 생각하며 한 시간을 보내는 것이다. 하루 한 시간, 내가 되고 싶은 나로 살아 보는 연습이다.

영어를 잘하고 싶다면 하루하루의 노력에 집중해 보자. 하루에 한 시간씩 꾸준히 노력하면 원하는 영어 실력을 갖출 수 있을 것이다. 점차 시간을 늘려 가고, 그 과정을 습관으로 만들어 보자. 가고 싶은 나라의 어느 한 장소에서 내가 만들어 갈 여행을 상상하며, 내 안에 있는 기적을 꼭 발견하길 바란다.

가끔 학원 상담 중에 학부모들에게 이런 이야기를 듣는다.

"우리 아이 영어 공부는 적당히 해도 돼요. 해외에서 말만 알아듣고, 간단히 대화할 수 있는 정도면 충분해요."

이 말을 들을 때마다 놀라지 않을 수 없다. 영어 공부를 적당히 하는데 해외에서 원활하게 의사소통이 되길 바란다? 어불성설이다. 그렇게 되려면 학원에서의 공부 외에도 위에서 말한 것처럼 스스로 한 시간씩 꾸준히 공부해야 한다. 우리 아이의 꾸준함을 길러 보자.

이 일곱 가지 방법을 활용해 영어 학습을 체계적으로 진행한다면, 분명 좋은 결과를 얻을 것이다. 나의 경험을 참고해 자신만의 영어 학습법을 찾아 꾸준히 실천해 보기를 바란다. 습관은 꾸준함이 답이다. 몸으로 해내고 나면 기적이 된다. 내 안의 기적을 꼭 발견하길 바란다. 학습 과정에서 얻는 성취감과 성장이야말로 진정한 보람이 될 것이다.

책은 삶의 방향을 잡아 주는 나침반이다

책을 읽는 시간은 단순히 공부하는 시간이 아니라,
자신을 발견하고 세상을 이해하는 중요한 여정이다.

요즘 아이들과 대화하다 보면 대화 문장이 짧고 공감력이 낮다는 생각이 든다. 가끔은 말의 요지를 전달하는 데 어려움을 겪는 아이도 보게 된다. 매일 독서하는 사람은 없어도 매일 유튜브를 보는 사람은 대다수인 시대가 된 것이다.

어학원을 시작했을 때, 나는 학생들에게 영어 원서를 통해 언어의 깊이뿐 아니라 사고의 폭도 넓혀 주고 싶었다. 단어 하나하나를 이해하는 데서 벗어나 책 속의 이야기를 통해 세상을 더 넓게 보도록 돕고 싶었다. 학생들에게 다양한 원서를 소개하고, 그 속에서 자신만의 세계를 발견하는 기쁨을 함께 나누고 싶었다. 하지만 학원을 운영하면서 한 가지 중요한 사실을 알게 되었다. 많은 학생이 영어 문장을 해석하는 과정에서 우리말의 의미조차 제대로 이해하지 못해 어려움을 겪는다는 점이다. 단어의 의미를 몰라 전체 문장을 이해하지 못하고, 결국 질문할 때도 자주 막히는 모습을 보았다.

중1 학생들과 영어 수업을 하는 중에 지문의 종류를 고르는 문제가 나왔다.

"선생님, 희곡이 뭐예요? 전기문은 또 뭐예요?"

정말 몰라서 묻는 건가 싶어 깜짝 놀랐는데, 더 놀라운 사실은 그것을 정확히 아는 학생이 한 명뿐이었다는 것이다. 영어 학습의 기초가 국어와 독서에 있다는 사실을 절감하는 순간이었다.

우리말에 대한 이해가 부족하면 결국 영어도 제대로 익힐 수 없다. 영어 원서 학원을 운영하면서 아이들이 영어 실력을 높이는 것만으로는 부족하다는 생각이 들어, 결국 국어 독서 학원을 함께 열기로 결심했다. 일이 점점 커지는 것을 느꼈지만, 일단 시도해 보았다. 영어뿐 아니라 모든 학문의 기초가 되는 문해력과 사고력을 키워 주고 싶었다.

국어 독서 학원을 운영하면서 학생들에게 정독의 중요성을 강조하고 있다. 스마트폰과 자극적인 영상에 익숙해진 아이들은 긴 글을 읽기 어려워한다. 책을 읽기보다는 짧고 간편한 정보를 선호하며, 그로 인해 점점 더 깊이 있는 사고를 하기가 어려워졌다. 그런 아이들에게 책 읽는 방법을 가르치고, 문장을 하나하나 음독하면서 단어를 연상하게 하고, 문단을 이해하는 훈련을 시키는 것은 무엇보다 중요하다.

문자를 읽고 이해하는 능력인 '문해력'은 지금 이 시대에 요구되는 힘이자 권력이 될 것이라 확신한다. 스마트폰이 발달하기 전에는 누구나 독서를 통해서 정보를 얻었다. 문해력을 갖추었다고 해서 남들보다 경쟁력을 갖추었다고 말하기는 어려웠다. 하지만 이제 세상이 달라졌다. 문해력이 뛰어난 사람, 즉 공감 능력이 높은 사람이 세상을 주도하는 리더가 될 것이다.

정여울 작가는 "문해력이란 단지 주어진 텍스트를 이해하는 능력을 넘어선, 세상을 이해하는 능력"이라고 했다. 또 "쓰기 이전에 읽기가 있다면, 읽기 이전에 '타인에 대한 공감'이 필요하다"라고 했다. 문해력은 타고나는 것이 아니다. 계속 읽으면서 독서 습관이 생기고, 배경지식이 늘어나면서 새로운 지식을 습득하게 된다. 아는 만큼 보인다는 말을 기억하며 지금 당장 아이들과 독서를 시작하자. 우리 아이들은 충분히 문해력을 기를 가능성이 있다.

교육안 측면에서도 논·서술형 평가에 대비해야 한다. 현재 중학교 3학년생부터는 고등학교에 진학하면 논·서술형 평가가 주된 평가 기준이 된다. 교육부의 방향에 따라 초등학교 저학년부터는 절대평가로 전환될 예정이지만, 초등학교 고학년과 중·고등학생들은 논·서술형 평가를 준비해야 한다. 독서를 권장하는 이유도 이와 같은 맥락에서다. 읽고 이해하는 능력이 바탕이 되어야 자기 생각을 글로 쓸 수 있기 때문이다.

독서는 단순한 학습을 넘어 삶의 방향을 잡아 주는 나침반과 같다. 아이들이 책을 통해 세상을 더 넓게 보고, 깊이 있는 사고를 할 수 있도록 돕고 싶다. 책을 읽는 시간은 단순히 공부하는 시간이 아니라, 자신을 발견하고 세상을 이해하는 중요한 여정이다. 그리고 나는 그 여정에서 작은 별이 되어 주고 싶다. 책을 통해 만난 새로운 세상이 얼마나 멋진지, 그리고 그 세상을 통해 얼마나 많은 것을 배울 수 있는지를 아이들과 함께 나누고 싶다.

part 4

인생은 속도가 아니라
방향이다

나답지 않은 것에 목숨 걸지 말자

상대가 바라는 '너다움'에서 벗어나
그냥 나로 살고 싶다.

"원장님은 사회적 위치가 있으니 원장님다운 카리스마를 좀 가지세요! 너무 편하게 선생님들을 대하지 마시고요."

하루는 학원에서 한 강사와 대화를 나누는데 이런 조언을 해 주었다. 당시에는 그 말이 왜 필요했는지 잘 몰랐다. 나에게 요구한 카리스마는 나에 대한 완벽함을 요구하는 것처럼 느껴졌다.

일을 마치고 집으로 돌아와 TV를 켰다. 마침 국민 MC 유재석이 진행하는 〈유 퀴즈 온 더 블록〉이 방영 중이었다. 유재석은 초대 손님과 대화하던 중 과거에 매니저로부터 "너는 다 좋은데 카리스마가 없어. 카리스마 넘치는 누구누구를 봐. 너도 그 사람들처럼 카리스마를 가져"라는 말을 들었다고 했다. 하지만 유재석은 굳이 카리스마를 갖고 싶지 않았다고 했다. 솔직히 '왜 갖고 싶지 않은 걸 나보고 가지라고 하는 거야?'라고 생각했다고 고백했다. 유재석에게는 유재석만의 장점이 있고, 카리스마 넘치는 사람들에게는 또 그들만의 장점이 있다는 메시지였다. 공감되는 말이었다.

직원들이 리더에게 원하는 모습이 있을 것이다. 하지만 나는 웃음이 많고 긍정적인 성격으로, 위엄과 품격 있는 카리스마와는 거리가 멀다. 나답지 않은 그런 모습을 만들기 위해 끊임없이 변화를 추구하는 것은 나에게 매우 어려운 일이다. 유재석처럼 '왜 갖고 싶지 않은 걸 나보고 가지라는 거지?', '왜 그런 완벽함을 나에게 요구하지?'라는 생각이 들었다.

인간은 완벽을 추구한다. 하지만 타인이 요구하는 완벽함을 강요받는 것은, 특히 그것이 자신과 맞지 않을 때 큰 부담이 된다. 김창완 작가의 『찌그러져도 동그라미입니다』라는 책에서는 비록 동그라미가 완벽하지 않더라도 여전히 동그라미라는 중요한 메시지를 전달해 준다. 완벽하지 않은 것에도 나름의 멋과 배움이 있다는 것이다. 마치 지금의 나에게 건네는 말 같았다. 완벽하게 다 갖추지 않아도 괜찮다. 나 나름의 멋진 매력이 있고 배움이 있다고 생각한다.

'나다움'이란 누가 정의해 놓은 것이 아닌 나만의 본질, 속성, 가치와 신념을 담아내며 사는 것이다. 나의 내면으로부터 찾을 수 있는 진짜 '나다움'과 타인이 만들어 내는 '너다움'이 있다. 나는 나다움으로 살아갈 수 있는 사람인데 왜 자꾸만 타인의 시선과 기준으로 체면, 형식, 허례, 타인의 기대로 만든 '너다움'의 허상 속에서 살아가야 할

까? 상대가 바라는 '너다움'에서 벗어나 그냥 나로 살고 싶다. 자신의 고유한 본질과 특성은 자신에 의해 규정되어야 한다고 생각한다. 그렇게 표면화된 모든 생각과 말과 행동은 그 자체로 '나다움'이 된다.

결국, 본연의 모습을 잃지 않고 살아가는 것이 중요하다. 타인의 기대나 기준에 얽매여 숨 막히는 삶을 살기보다는 자신의 장점과 본질을 발휘하며 사는 것이 더 의미 있다. 나답지 않은 것에 집착하는 것은 스스로 힘들게 하고 자존감을 떨어뜨릴 뿐이다. 본연의 모습을 지키는 것이 진정한 나를 만드는 길이며, 그렇게 할 때 비로소 마음이 편안해지고 진정한 자신으로 살아갈 수 있을 것이다.

나는 좋은 리더가 아니었다

누군가에게는 좋은 리더였고,
누군가에게는 한없이 부족한 리더였다.
그때의 나는 그게 최선이었다.

'좋은 강사를 기대하지 않는다.'

몇 년 동안 학원을 경영하면서 크게 깨달은 것 중 하나다. 내가 채용한 사람을 불신한다는 의미가 아니다. 그 사람에게 일어나는 일과 그 변화로 인해 일어나는 일들을 감당하면서 기대감이 사라졌다.

학원을 시작할 때만 해도 좋은 강사들이 모여들 것이라 믿고, 그들이 나와 함께 오래오래 일할 것이라고 낙관했다. 하지만 현실은 그렇지 않았다. 강사들은 쉽게 떠났고, 나는 그들의 이탈이 단순한 개인 사정뿐 아니라 내 리더십에도 이유가 있다는 사실을 알게 되었다. 강사들이 떠날 때마다 항상 고민에 빠졌다. '어떻게 하면 더 나아질 수 있을까?'라는 질문이 머릿속에서 떠나지 않았다. 처음엔 문제의 원인을 외부에서 찾으려 했지만, 결국 나 자신에게서 답을 찾아야 한다는 것을 깨달았다. 그래서 강사들의 의견을 더 경청하려고 노력했고, 그들의 니즈를 이해하기 위해 더 많이 대화하려 했다.

"원장님은 좋은 분이지만 때로는 저희가 무엇을 원하는지, 어떤 어려움을 겪고 있는지 잘 이해하지 못하시는 것 같아요."

한 강사가 학원을 그만두면서 한 말이 나에게 큰 충격을 주었고, 그날 밤 잠을 이루지 못했다. 그 후로 강사들 개개인의 필요와 어려움에 더 집중하려고 했다. 예를 들어, 강사들이 수업 외적으로 겪는 어려움을 돕기 위해 정기적인 피드백 시간을 마련했다. 이 시간을 통해 건의 사항을 듣고, 개선할 수 있는 부분은 즉각적으로 조치했다.

가장 큰 변화는 의사소통 방식이었다. 이전에는 내가 모든 답을 가지고 있어야 한다고 생각했지만, 이제는 대화를 통해 문제를 함께 해결한다는 마음으로 접근했다. 강사들에게 그들의 의견을 존중하고, 경험과 지식을 중요하게 여긴다는 신호를 보냈다. 또한 나 자신도 끊임없이 배우고 성장해야 한다는 것을 깨달았다. 그래서 교육 리더십과 관련된 다양한 워크숍과 세미나에 참석하면서 나의 리더십 역량을 강화했다. 전국 어디든 찾아가 새로운 교육 트렌드를 학습하고, 우리 학원에 어떻게 적용할지 연구했다.

여러 해가 지나는 동안 많은 강사를 만났고, 그들이 지나갈 때면 상처가 하나씩 생겼다. 그 상처가 아물 때마다 나는 단단해졌고, 그것이 지금의 나를 있게 한 원동력이 되었다. 오늘도 나는 경영자로서 자질을 조금씩 더 채워

가며 괜찮은 리더가 되기 위해 노력하고 있다. 부모도 첫 아이에게는 서툴고 미안했던 순간이 있듯, 나 역시 경영자로서 처음이었던 만큼 강사들에게 미안한 점이 많았다. 누군가에게는 좋은 리더였고, 누군가에게는 한없이 부족한 리더였다. 그때의 나는 그게 최선이었다. 그들 한 명한 명으로부터 한 가지씩 배우고 깨닫는 소중한 시간을 가질 수 있었다. 지나가는 인연일지라도, 그들에게 고마움을 전하고 싶다.

빗속에서 춤추는 법

마흔 중반으로 가는 오늘도
빗속에서 춤추는 법을 배우며 살아간다.

마흔이 되었다. 마흔이 되어서 알았다.
마흔에 관한 글이나 책이 이렇게나 많다는 걸.

『마흔은 인생에서 가장 빛나는 시기』

『마흔하면 수식어부터 화려하다』

『아프니까 마흔이다』

『마흔이라는 나이의 조급함이 좋다』

『마흔이 무엇이길래』

『마흔은 외로워』

『마흔 너머의 성장』

『마흔, 비로소 나를 사랑하게 되었다』

『마흔, 달라진 몸을 되돌릴 때』

『마흔, 이제 시작입니다』

『마흔이라는 나이, 이제 '나'로써 다시 시작할 나이』

『마흔 그 당당함에 대해』

『마흔, 일탈을 해도 될 나이』

『마흔이면 다를 줄 알았지』

『마흔, 일단 일어나 밖으로 나가라』

『마흔이 훌쩍 넘으니 별게 다 하고 싶어진다』

『마흔이 되기 전에는 몰라요』

『마흔, 은퇴 후 삶을 준비할 때』

『마흔, 엄마가 꿈꾸는 나이』

『이런 게 마흔의 현실이구나』

『마흔은 그냥 마흔일 뿐이야』

『마흔에도 이렇게 흔들리나요?』

『마흔에 리셋되었습니다』

『마흔은 불혹이 아니라 없던 병이 생기는 나이』

『마흔은 무엇이든 할 수 있는 나이』

사람은 누구나 선택할 수 없는 재능을 안고 태어난다. 그리고 그 재능을 꽃피우기 위해 젊음을 바친다. 이삼십 대는 우리가 가진 것을 갈고 닦으며 세상에서 우리의 자리를 찾기 위한 시간이다. 그리고 나의 의지와 노력이 더해져, 마침내 그 결실이 세상에 영향을 미치기 시작하는 나이가 바로 마흔이다. 마흔이 되면서 비로소 알게 되었다. 인생은 단순히 폭풍이 지나가기를 기다리는 것이 아니라, 그 폭풍 속에서 자신만의 춤을 추는 법을 배우는 여정이라는 것을. 세네카는 인생을 이렇게 정의했다.

"인생이란 폭풍이 지나가기만을 기다리는 것이 아니라 빗속에서 춤추는 법을 배우는 것이다."

그의 말은 마흔을 맞이하던 그해, 깊이 와닿았다.

삶에 큰비가 내리더라도 피하지 말자. 비가 오지 않기를 기도하는 대신 그 비를 맞으며 춤추는 법을 배워 보자. 내가 감당해야 하는 일이라면, 그 일의 무게와 슬픔을 끌어안고 빗속에서 춤을 추며 살아가는 것이 진정한 성숙이 아닐까.

피할 수 없는 힘든 일이 찾아올 때마다 나는 다짐한다. 도망치지 말자고, 눈을 감지 말자고. 그 대신 그 비를 온전히 받아들이고, 나의 몸과 마음이 비에 젖는 것을 허락하자고. 그리고 그 빗속에서 나만의 춤을 추자고.

흔들리고 때로는 넘어질 것 같지만, 그 모든 순간이 나를 더 단단하게 만들어 준다. 나의 마흔은 흔들리면서도 무르익어 가는 시간이다. 아무도 알려 주지 않는 나이 듦의 법칙을 스스로 깨우쳐 가는 과정에서 나는 걷고, 읽고, 내일을 기다리며 또다시 기대한다. 마흔 중반으로 가는 오늘도 빗속에서 춤추는 법을 배우며 살아간다.

인생은 속도가 아니라 방향이다

나만의 보폭으로 걸어가며
인생의 속도를 조절해 나가는 것,
그것이 내가 찾아낸 삶의 방식이다.

살면서 너무 앞만 보고 달린 적이 많았다. 주변을 둘러보지 못한 채 목표만을 향해 달리다 보니 어느 순간 숨이 가쁘고 빈틈이 느껴졌다. 그때부터 속도를 줄이고 천천히 걷기 시작했다. 처음에는 이 느린 속도가 낯설고 불안하기도 했지만, 곧 그 속도 안에서 여유와 평안을 찾게 되었다.

매일 저녁, 아파트 주변을 걷거나 헬스장에서 운동하며 몸과 마음을 단련한다. 남편이 늘 강조하던 대로 스트레스를 피할 수는 없지만 운동을 통해 해소할 수 있다는 걸 몸소 느끼게 되었다.

"무슨 일을 하든 기본 체력이 바탕이 되어야 해."

남편은 항상 얘기했다. 예전에는 그 말을 그냥 흘려들었다. 이른 듯 늦은 듯, 마흔이 넘어서야 운동이 단순한 신체 활동을 넘어 삶의 기본이 되어야 한다는 것을 깨닫고 있다.

런닝머신 위를 걸으면서 영상이나 음악에 의지하지 않고 오로지 몸의 움직임에 집중한다. 한 걸음 한 걸음 내디딜 때마다 근육에서 느껴지는 찌릿한 감각이 마치 인생의 작은 깨달음처럼 다가온다. 속도를 6에서 5로, 다시 3으로 낮추며 천천히 걷는 동안 문득 이런 생각이 들었다. '인생도 이처럼 속도를 줄이면 내가 놓친 빈틈이 보이고, 그 속에서 새로운 것들을 채울 수 있지 않을까?'

빠르게 달리던 시절에는 보지 못했던 것들이 이제 눈에 들어오기 시작한다. 이 느린 걸음 속에서 내 마음을 들여다보고 나만의 속도를 찾아가는 것이야말로 진정한 인생의 방향이 아닐까 하는 생각이 든다.

"나에게 맞는 방향과 속도와 보폭으로."

내 책상에 놓여 있는 골목서재 북카페의 캘린더에 적혀 있는 이 문구는 내가 이제부터 걸어가야 할 인생의 방향을 제시해 주었다. 남들과 비교하지 않고 나만의 보폭으로 천천히, 그리고 확고하게 걸어가는 것. 그 속도로 나만의 인생을 만들어 가겠다고 다짐했다.

걷기를 마치고 보니 소비한 칼로리가 200을 넘었다. 뛰지 않고도 같은 칼로리를 소모할 수 있다는 사실이 새삼 놀랍다. 이처럼 인생도 방향이 올바르다면 속도는 그리 중요하지 않을 수 있다. 나만의 속도로, 나만의 방향을 향해 천천히 걷는 것만으로도 충분히 인생을 아름답게 채울 수 있지 않을까.

프랑스 철학자 카린 마르콩브는 "나의 속도와 옆 사람의 속도는 같을 수 없으며, 인생에 정해진 적당한 속도 역시 없다"라고 말했다. 남들과 비교하지 않고, 나 자신을 채근하지 않으며, 내게 맞는 속도로 걸어가면 된다. 나만의 보폭으로 걸어가며 인생의 속도를 조절해 나가는 것, 그것이 내가 찾아낸 삶의 방식이다.

태도가 실력이다

결국 경영자가 선택해야 할 것은 '태도의 힘'이다.
그 힘이 조직을 건강하게 만들고,
개인의 성공을 이끌어 낼 것이다.

경영자로서 직원을 채용할 때 일은 잘하지만 태도가 불량한 사람과 일은 조금 서툴지만 태도가 좋은 사람 중 누구를 선택할지 고민하게 된다. 나는 태도를 중시하는 편이다. 그 이유는 간단하다. '일 잘하는 데 싸가지 없는' 사람 중에서 진정으로 일을 잘하는 사람을 본 적이 없기 때문이다. 예의와 태도가 부족한 사람은 결국 자기 능력을 과신하며 주변과의 조화를 깨뜨리는 경우가 많다.

대부분 직장이나 학원에서는 아주 뛰어난 능력을 요구하지는 않는다. 중요한 것은 함께 일하는 태도다. '태도와 예의'는 업무 능력의 일부다. 사람과 사람이 함께하는 일터에서 예의와 태도를 갖추지 못한 사람은 실력이 부족한 사람과 다를 바 없다.

소위 학원 원장들의 세계에서 프로라고 칭하는 강사의 기준은 영어 실력만 좋은 사람이 아니다. 대부분은 실력을 어느 정도 갖춘 상태로 면접을 보러 온다.

한번은 뛰어난 스펙을 가진 강사가 면접에 왔다. 초행길이라 길을 잘못 들어 면접 시간에 늦었다고 변명했지만 정작 중요한 사과는 없었다. 면접 결과, 그의 태도는 전화 통화를 할 때 느꼈던 그대로였다. 자기 능력을 과신하며 그에 맞는 대우만을 요구하는 모습에서 일에 대한 소명감이나 책임감을 찾기 어려웠다. 경영자로서 그런 사람을 채용하지 않기로 했다.

태도는 업무의 기본이자 자기 계발의 시작이다.

일을 하다 보면 업무 시간에 미리 도착하는 사람과 시간에 딱 맞춰 숨차게 오는 사람의 차이를 느낄 수 있다. 적어도 업무 시작 5분 전에 도착해 주변 정리와 업무를 시작하는 마음의 준비 운동 정도는 하길 바란다. 이러한 작은 습관들은 업무에서의 성과와 직결된다. 일을 사랑하고, 자신의 일에 소명을 가지고 준비하는 사람은 성공할 가능성이 높다.

반면, 일터에서 무언가를 배우기를 기대하며 입사하는 사람도 있다. 자기 계발은 개인 시간이 아닌 업무 외에 이루어져야 한다. 회사나 학원은 배움을 위한 장소가 아니라 성과를 내기 위한 곳이다. 결국 진정한 성장은 자신의 노력과 시간을 투자할 때 이루어진다. 조직의 목표에 이바지하며 스스로 발전하는 균형을 찾는 것이 중요하다.

최악의 경우는 감정이 태도로 드러나는 사람이다. 기분에 따라 일을 대하는 태도가 달라지는 사람은 신뢰를 잃기 쉽다. 그리고 실수를 자주 하며, 자신의 실수를 인정하지 않는다. 심지어는 그로 인해 발생한 문제를 남의 탓으로 돌리기도 한다. 이런 사람은 일터의 분위기를 해치고, 성과에도 부정적인 영향을 미친다. 꾸준한 성과를 위해서는 감정과 태도를 분리하고 항상 일관된 태도를 유지하는 것이 중요하다.

좋은 태도는 실력이다.

구성원들과의 관계에서 예의 바르고 좋은 태도를 유지하는 것은 업무의 중요한 일부다. 하지만 자신의 의무를 다하지 않고 권리만을 주장하는 사람은 조직에서 오래 버티기 어렵다. 자유(Freedom)와 자유(Liberty)의 차이를 이해하고, 조직 내에서 타인의 권리를 존중하는 태도를 가진 사람이야말로 진정한 인재다.

최인아 작가는 "태도는 우리의 재능을 꽃피우게 하는 힘"이라고 말했다. 태도가 좋은 사람은 자기 능력을 최대치로 발휘할 수 있으며, 조직 내에 긍정적인 영향을 미칠수 있다. 태도는 경쟁력이다. 결국 경영자가 선택해야 할 것은 '태도의 힘'이다. 그 힘이 조직을 건강하게 만들고, 개인의 성공을 이끌어 낼 것이다.

경영자로서 사람을 평가하는 눈을 가지기란 쉽지 않다.

몇 번의 실패를 겪으며 경험을 쌓아왔고, 이제는 태도가 좋은 사람들을 알아보는 눈이 조금씩 생겼다. 그럼에도 불구하고 지금까지 좋은 사람들과 함께 일해 왔고, 앞으로도 그런 인재들과 함께할 수 있기를 바란다.

단순할수록 오래간다

어떤 사람들은 고난 앞에서 무너지고
그 자리에 주저앉지만,
회복 탄력성이 있는 사람은
그 고난을 도약의 발판으로 삼는다.

"제 별명은 닭입니다."

이 말을 처음 듣는 사람들은 대부분 고개를 갸우뚱거리
며 무슨 의미인지 궁금해한다. 사실, 이 별명은 남편이 붙
여 준 것이다. 우리는 종종 대화하면서 "또 잊었어? 그거
있잖아. 그때…"라는 말을 주고받는데, 이런 순간에서 이
별명이 생겨났다.

나는 힘든 일을 겪을 때마다 그 순간에는 세상이 무너
질 듯 힘들어하지만, 얼마 지나지 않아 기억이 희미해지
곤 한다. 신랑은 그런 나를 보고 마치 '기억력이 짧은 닭'
같다며 이 별명을 지어 줬다. 처음에는 내 머리가 나쁜 걸
까 싶었지만, 시간이 지나면서 이것이 오히려 장점이라는
생각이 들었다.

누구나 힘든 일을 겪고 상처를 받으며 살아간다. 상처
를 받은 순간에는 아프고 괴롭지만, 그 상처는 곧 자신을
성장시키는 힘이 된다. 사람은 고통을 통해 이전보다 더
강해지기 마련이다. 나는 상처를 오래 들고 있지 않기 때
문에 그만큼 더 빨리 회복하고 다시 나아갈 수 있었다.

마음의 평온을 찾고 싶을 때 남편과 자주 찾는 바닷가
가 있다. 그곳에서 남해의 노을을 보면서 보도 새퍼의 『멘

탈의 연금술』을 읽으며 마음의 힘듦을 이겨 낸 적이 있다. 그 책에서 읽은 구절이 마음에 깊이 남아 있다.

"사람들은 역경을 겪으면 이겨 내지 못하고 주저앉아 버리거나, 누군가는 그 경험을 바탕으로 성장한다. 이때 성장하는 힘이 바로 '회복 탄력성'이다"

어떤 사람들은 고난 앞에서 무너지고 그 자리에 주저앉지만, 회복 탄력성이 있는 사람은 그 고난을 도약의 발판으로 삼는다. 가시가 박히고 깨질 때마다 아프지만, 그 아픔 속에서 우리는 배운다. 그리고 그 경험이 우리를 더 강하게 만든다. 이제는 닭이라는 별명이 꽤 괜찮게 느껴진다. 단순한 기억력 덕분에 나는 오히려 더 빨리 회복하고 다시 일어설 수 있다. 그렇게 지금까지 즐겁게 일하며 내 일을 사랑할 수 있었다. 앞으로도 단순함을 무기로 삼아 계속 나아가고 싶다.

자신만의 스토리를 만들어 보자

당신의 스토리에 찐팬이 되어 줄 사람을 만들어 보자.
"혹시 저의 스토리에 찐팬이 되어 주시겠습니까?"

그림책을 쓰고 그릴 당시 주인공이 돌멩이였던 만큼 자연스럽게 반려 돌멩이에 관심을 가지게 되었다. 마침 예능 프로그램 〈미운 우리 새끼〉에서 배우 임원희가 반려돌을 돌보는 모습이 화제를 모았다. 그는 돌에 옷을 입히고 소품으로 꾸며 사진을 찍으면서 애정을 표현했다. 그것을 보다가 스토리를 입힌 돌을 검색했더니 그 돌에 사람들이 열광하고 있었다.

이 반려돌을 판매하는 사람 중 특히 주목받은 인물이 석재회사 온양석상의 김명성 대리다. 그는 유튜브에 반려돌 관련 콘텐츠를 2년 동안 꾸준히 업로드하고 있었고, 배우 임원희의 반려돌 덕분에 하나의 영상이 알고리즘을 타고 900만 조회수를 기록했다. 이 영상 덕분에 반려돌이 40초 만에 완판되었고, 꾸준히 주문이 이어져 회사의 판매 수익에 큰 도움이 되었다. 김명성 대리는 회사의 어려운 재정 상황을 극복하게 만든 1인이 되었다.

브랜딩 시대가 도래하면서 많은 사람이 자신만의 브랜드를 구축하고 팬덤을 형성하는 데 주력하고 있다. 나 역시 그림책을 쓰고 그리는 과정에서 이 점을 깊이 이해하게 되었다. 그림책의 주인공이 돌멩이였기 때문에 반려돌멩이에 대한 관심이 생겼고, 이를 통해 스토리의 중요성을 실감했다. 반려돌멩이의 스토리가 많은 사람에게 큰 반응을 일으킨 것처럼 브랜드와 개인의 이야기도 사람들이 애정을 가지게 하는 중요한 요소가 되었다.

[나의 스토리]
전) e편한 영어독서클럽 공부방 원장
전) 꿈담 영어교습소 원장
전) 리딩SRT 작은영어도서관 관장
현) 문화센터 영어독서지도사, 영어그림책 강사
현) 리드앤톡어학원 1,2호관 원장
현) 안녕그림책방 운영
현) 1인 출판사 운영
현) 그림책 독립 출간
현) MTLC[다면적 학습역량]진단 인증기관 운영
현) 리딩아이 국어독서학원 원장

지나온 나의 흔적을 정리해 보았다. 나의 시작은 계속될 것이고, 또 계속 바뀔 것이다. 오늘도 나의 스토리는 현재 진행형이다.

지금 시대는 단순한 결과물보다 시작과 과정에 스토리를 입힌 것이 더 중요하다. 잘 만든 스토리는 브랜드와 개인 모두에게 강력한 무기가 되며, 팬들은 그 진심에 끌린다. 나의 작업이나 프로젝트의 과정과 스토리를 꾸준히 콘텐츠로 만들어 내면 진정한 팬을 만날 수 있다. 당신의 스토리에 찐팬이 되어 줄 사람을 만들어 보자.

"혹시, 저의 스토리에 찐팬이 되어 주시겠습니까?"

지금 당장 시작하라!
아모르파티!

오늘부터 시작될
당신과 나의 새로운 시작에 건배!

얼마 전, 아이들과 영화 〈사운드 오브 뮤직〉을 다시 보았다. 그중 마리아(줄리 앤드루스)가 부른 노래 'Something Good'이 떠오른다.

Nothing comes from nothing.
Nothing ever could.
So somewhere in my youth or childhood.
I must have done something good.
(아무것도 안 하면 아무 일도 일어나지 않죠.
아무 일도요. 그러니 어렸을 적 어디에선가 내가 착한 일을
한 게 틀림없어요.)

하고 싶은 게 있다면 지금 당장 시작하는 게 좋다. 내 마음속에 끓어오르는 무언가를 느낀다면 지금 바로 시작해 보자. 지금 시작하지 않으면 열정은 금세 식어 버리고 만다. 인생을 주도적으로 살기 위해서는 선택과 결정의 순간에 잘 대처하는 것과 시작하려는 마음가짐이 중요하다.

그런 시작 앞에서 당당해질 당신을 응원한다. 우리는 충분히 잘할 수 있다. 시작을 향한 당신의 발걸음을 온 마음다해 응원한다. 자신을 믿고 일어나 행동하라. 그러면 결국 잘 해낼 것이다. 치열하게 살아온 삶에는 어떤 상황에서도 움직이는 힘이 있고, 그 결과는 단순히 열심히 살아 온 삶과는 다르다. 치열하게 산 삶에는 무엇이든 언제든 지 시작할 수 있는 내공이 쌓여 있다.

나는 나의 치열한 삶이 좋다.
나의 치열한 삶에 건배!
당신의 치열한 삶에 건배!
오늘부터 시작될 당신과 나의 새로운 시작에 건배!

"Love of fate."

이 글을 쓰면서 내 책상 앞 포스트잇에 써 놓은 글을 본다.
아모르파티는 '운명을 사랑하다'라는 의미다. 독일 철 학자 프리드리히 니체의 운명관을 나타내는 용어인데, 원 어는 'Amorfati' 영어로는 'Love of fate'다. 인간이 가 져야 할 삶의 태도 혹은 인생관이나 운명관을 나타낸다. 니체는 우리 삶 전체를 있는 그대로 끌어안고 사랑해야 한 다는 '아모르파티'를 강조했다.

나에게 일어났거나 일어날 모든 일은 내 운명이다. 그것 이 불운일지 행운일지 내일의 일은 아무도 모르지만, 인 생에는 불운만 있는 것도 행운만 있는 것도 아니다. 불운에 대비해 극복할 수 있는 내공을 키우고, 불운이 닥쳐올 때 용기를 내고, 행운이 다가올 때 겸손해야 한다.

지금까지 누군가와 겨루거나 경쟁하는 일은 그다지 중요하지 않았다. 새가 날개를 펼칠 때마다 날아오르며 경주를 벌이는 것이 아닌 것처럼 나 또한 그랬다. 마음이 이끄는 대로 살아왔지만 그 과정에서 게으름을 피우지는 않았다. 일을 잘 해내려는 것은 나 스스로를 위한 것이었다. 일에서 오는 만족감이 충분히 채워지지 않으면 그것이 오히려 나를 더 힘들게 했기 때문이다. 결국 만족은 타인의 시선이 아니라 나 자신을 채우고자 하는 열망에서 비롯된다.

선택과 속도는 각자의 내면에서만 알 수 있는 것이다. 당장 눈앞의 선택이 최선이 아닐지라도, 지금을 열심히 살다 보면 그 대가가 부메랑처럼 돌아올 것이라 믿는다.

아모르파티, 내 운명을 사랑하자.
내 인생과 나 자신을 아끼고 귀중히 여기자.

에필로그

열정은 꿈을 향한 두근거림이다

10년 전, 작은 아이의 어린이집에서 재롱잔치가 열리던 날이었다. 아이들이 무대에서 재잘거리며 노래하고 춤을 추는 사이 원장님이 무대에 올랐다. 자연 속에서 자라길 바라는 마음으로 아이들이 흙을 만지며 뛰놀 수 있는 환경을 만들어 준 분이다. 원장님은 얼마 전부터 장구를 배우고 있다며 학부모들 앞에서 멋진 장구 공연을 펼쳤다. 땀으로 흠뻑 젖은 모습으로 멋진 공연을 마쳤다. 항상 열정이 넘쳤지만, 그날 무대에서 보여 준 모습은 그야말로 열정의 절정이었다.

60세가 넘은 나이에 새로운 것을 배우고 익혀 공연하는 모습을 보며 큰 감명을 받았다. 나이가 들어서도 무언가를 새로 시작하고, 그것을 위해 열심히 준비하며 자신의 무대를 만들어 가는 모습이 너무나도 인상적이었다. 공연을 보는 내내 원장님의 열정에 깊이 감동했고, 내 가슴은 뜨겁게 뛰기 시작했다. 나이가 들더라도 새로운 시작은 언제나 의미 있고 설레는 일이라는 사실을 그분을 통해 배웠다.

언젠가부터 무대에서 나의 시작에 관한 메시지를 영어로 전달해 보고 싶다는 꿈이 생겼다. 어디에서든, 어떤 무대에서든 도전해 보고 싶은 마음이 커졌다. 무대가 정해지면 그곳으로 나 자신을 던져, 그 흐름에 몸을 맡기고 열심히 준비할 것이다. 오롯이 내 꿈을 향해 조금씩 더 나아가 보려고 한다.

내가 가장 사랑해야 할 사람

지금 이 순간 가장 고마운 사람이 있다. 지금의 심은경이다. 나 자신을 믿고 평범하면서도 평범하지 않은 시간을 살아온 내가 진심으로 고맙다. 밝고 긍정적으로 잘 살아 줘서 고맙다.

이 세상에 나를 믿지 않으면 그 누구도 믿을 수 없다. 나를 믿는다는 것은 나를 잘 안다는 것이고, 나에 대한 확신이 있다는 것이다. 그렇지 않으면 무수한 선택의 길에서 혼란함을 느끼며 무엇을 결정해야 할지 모르는 채 살아갈 수밖에 없다. 하지만 나는 나를 믿으며 자신을 가꾸어 왔다. 이것이 앞으로 다가올 수많은 선택 앞에서 당당해질 수 있는 중요한 마음가짐이다.

나는 언제나 스스로에게 질문한다.

'나는 무엇에 얼마나 뜨거운 사람인가?'

'나는 얼마나 많은 열정으로 노력할 수 있는가?'

나는 영어에 뜨겁고, 책에 진심인 사람이다. 하지만 영어 천재도, 독서광도 아니다. 그저 내가 좋아하는 것에 열정을 다해 노력하는 평범한 사람일 뿐이다.

얼마 전부터 새로운 것을 시작했다. 바로 글쓰기다. 책방을 운영하면서도 에세이에 도전해 볼 만큼의 글을 써보지는 않았는데, 우연히 『나는 말하듯이 쓴다』의 저자인 강원국 작가의 북토크에 참석한 후 글쓰기에 대한 울림이 생겨 도전하게 되었다.

"말하기를 연습하는 글쓰기가 즐겁고, 또 말하는 것이 즐거워 글을 쓰고 싶은 선순환의 삶, 그야말로 말과 글이 동행하는 삶이 말 잘하고 글 잘 쓰는 비결이다."

내 직업 특성상 말도 잘하고 글도 잘 써야 하기에 '말과 글이 동행하는 삶'에 도전해 볼 만한 충분한 가치가 있다고 생각했다.

그날 이후, 나와 글 사이 어딘가에서 나를 바라보며 또 다른 나를 새롭게 만나고 있다. 글쓰기를 통해 처음 느껴 보는 감정에 흠뻑 빠져 내가 어떤 사람인지, 무엇을 좋아하는지, 어떤 길을 가고 싶은지를 고민하고 있다. 만약 시작하지 않았다면 느끼지 못했을 이 감정들. 나는 나를 뜨겁게 만드는 새로운 시작 앞에서 설레는 마음을 앞세워 늘 도전해 본다.

당신의 시작이 나의 시작보다 빛나길

『여덟 단어』의 저자 박웅현 작가의 책에 "최선의 선택은 실천이다"라는 문구가 있다.

"현재에 집중하고 찬란한 당신의 순간을 잡아라. 내가 가진 장점을 보고 인정해 주고 조금 모자란 것 같아도 나를 믿고 시작해 보라. 실수했다고 포기하지 말고 인생의 새로운 문을 열어 보라. 자신을 믿고 지난 삶의 순간에서 이겨 낸 지난날을 생각하면서 내가 하고 싶은 걸 해 보라."

이제 흰 종이에 마인드맵을 그려 보자. 중심에 내 이름을 적고, 그 주위로 원을 그리며 나의 관심사, 좋아하는 것, 하고 싶은 것을 적어 보자. 그리고 그 원들을 하나로 연결해 보자. 나만의 고유한 꽃을 피워 낼 수 있으리라 믿는다. 내가 좋아하는 것부터 찾아보자.

내가 애정을 가지는 분야가 생기면, 그 분야를 깊이 파고드는 동안 자연스럽게 전문성이 따라온다. 학벌이나 성적, 경험의 양보다 중요한 것은 한 가지에 몰입하는 과정에서 얼마나 깊이 고민했는지, 그로 인해 무엇을 얻었는지다. 이 과정을 통해 얻은 가치와 성찰 그리고 삶의 방식이 훨씬 더 중요하다.

결국 내가 얼마나 뜨겁게 무엇을 원하는지, 그 일을 즐기며 얼마나 깊이 고민하는지가 중요하다.

당신은 무엇에 뜨거운가?
무엇을 시작하고 싶은가?

이제 당신이 시작할 차례다.
이 책을 읽으며
부디 시작하고자 하는 마음이 생기길 바란다.

당신의 시작이
나의 시작보다 빛나길.

.

나는 시작하는 사람입니다

초판 1쇄 발행 2024년 11월 2일

지은이 심은경
펴낸이 김수영

경영지원 최이정 · 박성주
마케팅 박지윤 · 여원 브랜딩 박선영 · 장윤희
표지 디자인 정초율 편집 디자인 서민지 · 김은정
교정·교열 김민지

펴낸곳 담다 출판등록 제25100-2018-2호 (2018년 1월 5일)
주소 대구광역시 달서구 문화회관길 165, 대구출판산업지원센터 402호
전화 070.7520.2645 이메일 damdanuri@naver.com
인스타 @damda_book 블로그 blog.naver.com/damdanuri

ⓒ 심은경, 2024

ISBN 979-11-89784-49-2 (03810)

· 책값은 뒤표지에 표시되어 있습니다.
· 이 책의 판권은 지은이와 도서출판 담다에 있습니다.
· 이 책 내용의 전부 또는 일부를 재사용하려면 반드시 양측의 서면 동의를 받아야 합니다.

도서출판 담다는 생각과 마음을 담은 원고 투고를 기다리고 있습니다. 작가의 꿈을 이루고 싶은 분은 이메일 damdanuri@naver.com으로 출간기획서와 원고를 보내주세요.